Drie keer verliefd

DRIE KEER VERLIEFD

Wendy, Eefje en Joany Buenen

De Fontein

Voor mama en Kees

www.defonteinmeidenboeken.nl

© 2010 Wendy, Eefje en Joany Buenen
Voor deze uitgave:
© 2010 Uitgeverij De Fontein, Baarn
Omslagontwerp en beeld: Studio Marlies Visser, met dank aan Kiki
Foto auteurs: Frans Keetels
Grafische verzorging: BeCo DTP-Productions, Epe

ISBN 978 90 261 4493 6
NUR 284, 285

Look out brother, she's my sister
Ain't stopped crying, since you kissed her

'A teardrop hitting the ground' – The Veronicas

Marieke

'Sorry Michael, maar ik maak het uit.' Een vreemde mengeling van opluchting en verdriet overspoelde me terwijl ik de woorden uitsprak.

'Wat? Waarom?' Mijn kersverse vriend, die zo blij had gekeken toen ik een paar minuten geleden onaangekondigd voor zijn deur stond, keek me nu geschrokken aan.

'Ik vind je heel leuk en het is gezellig, maar...' Ik woog mijn woorden voorzichtig. Bestond er een aardige manier om je verkering te beëindigen? '...ik voel niet meer dan vriendschap, ben ik bang.'

Hij staarde een tijdje zwijgend voor zich uit voordat hij me opnieuw aankeek. Zijn ogen stonden somber. 'Weet je het zeker?'

Ik knikte, maar mijn hart bonsde in mijn keel. De waarheid was dat ik eigenlijk helemaal niets zeker wist, behalve dat er iets totaal niet goed zat. Er knaagde iets vanbinnen. Ook al had ik geen idee waardoor het kwam, ik wist alleen dat ik dat nare gevoel al een hele tijd zonder succes probeerde te negeren. Juist als ik bij Michael was, werd het erger. Daarom vermoedde ik dat ik het antwoord niet bij hem zou vinden, hoe aardig, knap en leuk hij ook was.

'Je maakt het toch niet uit omdat je op vakantie gaat?' vroeg hij, terwijl hij mijn hand vastpakte. Zijn ogen boorden zich in de mijne.

Wat? Hoe kon hij dat nou denken? Ik zou inderdaad samen met mijn zussen een week naar Spanje gaan, maar ik was niet bepaald van plan om daar een ander vriendje te scoren. Ik schudde verontwaardigd mijn hoofd en trok mijn hand los.

'Hoe kom je daar nou bij? Het wordt absoluut geen stapvakantie. Alice wil shoppen en culturele dingen bezoeken en Esther leest het liefst de hele dag bij het zwembad.'

Hij knikte. Ik had hem genoeg over mijn drieling-zussen verteld om hem een goed beeld van ze te geven. Zij hielden niet zo van uitgaan en dansen als ik. Ik hield ook van lezen, shoppen en wat cultuur op zijn tijd, maar niet in dezelfde mate als Alice en Esther.

'Ik hoop dat we vrienden kunnen blijven,' zei ik, terwijl ik besefte hoe afgezaagd dit klonk. Maar we volgden samen colleges op de scriptschool en zouden elkaar de komende studiejaren nog regelmatig tegen het lijf lopen. Ik wilde geen ruzie met hem.

Michael knikte bedachtzaam. 'Misschien bedenk je je nog wel deze zomer, acht weken is een lange tijd. We zien elkaar in ieder geval weer in september.'

'Ik wil je geen valse hoop geven,' zei ik, terwijl ik opstond. 'En trouwens, misschien denk jij er zelf wel heel anders over aan het eind van de zomer.'

'Dat kan ik me niet voorstellen,' fluisterde hij en hij sloeg zijn armen stevig om me heen. 'Ik ben gek op je, Marieke.'

'Het spijt me,' zei ik zacht en ik omhelsde hem terug ten afscheid.

Toen ik even later zijn deur achter me dichttrok, voelde ik tranen in mijn ogen prikken. Toch wist ik dat ik de goede beslissing nam. Op papier was Michael de perfecte jongen, maar hij had niet het rozebrileffect op mij zoals Esther dat wel met haar vriendje Lucas had. Sinds ze hem kende, straalde ze. Ze zagen er zo gelukkig uit samen, de liefde spatte er gewoon vanaf. Ze pasten perfect bij elkaar. Ze vonden dezelfde dingen leuk, hadden dezelfde humor en wilden niets liever dan samen zijn. Ik wilde ook mijn soulmate vinden.

Ik zuchtte, slingerde mijn tas over mijn schouder en liep in de richting van de metro om terug naar mijn studentenhuis te gaan. Ik wist heus wel dat ik niet per se een jongen nodig had om gelukkig te zijn. Waarom voelde ik me nu zo rot? Ik was niet verliefd op Michael, dus het was een goede beslissing geweest om het uit te maken. Anders loog ik ons allebei voor.

Terwijl ik mezelf weerspiegeld zag in de etalages van winkels die ik passeerde, dacht ik aan Alice en Esther. Het was een spelletje dat ik wel vaker met mezelf deed als ik me alleen voelde. Slenterend door Amsterdam kon ik door de reflectie van mijn spiegelbeeld even doen alsof Alice of Esther naast me liep. Maar nu werkte het niet en lukte het me niet mezelf een paar seconden voor de gek te houden. Ik had het net uitgemaakt met een heel lieve jongen en liep nu in mijn eentje door de stad. Het was al aan de late kant: ik zou mijn zussen morgenochtend wel bellen om te vertellen over Michael.

Een paar minuten later piepte mijn telefoon.

HEY, BEN BIJ SINNERS IN
HEAVEN. SUPERGEZELLIG.
KOM OOK! X LAILA

Hm, dat klonk verleidelijk. Want ook al was ik dan degene die het had uitgemaakt, ik voelde me er niet minder verdrietig om. Ik kon wel wat afleiding gebruiken, dus ik sms'te terug dat ik eraan kwam. Ik nam me voor om me thuis snel om te kleden en op te maken.

Net toen ik mijn straat in liep, kwam mijn telefoon opnieuw tot leven. Laila zeker, dacht ik. Maar er stond een onbekend nummer op het display. Nieuwsgierig opende ik het bericht.

> HOI MARIEKE, ALLES OKÉ?
> ER RIJDEN GEEN TREINEN
> EN IK STA OP HET STATION
> VAN AMSTERDAM. KAN IK
> MISSCHIEN BIJ JOU LOGEREN?
> GROETJES, LUCAS

Lucas! De vijf letters die zijn naam vormden, drongen langzaam tot me door en veroorzaakten een vreemde knoop in mijn maag. Ik schudde mijn hoofd om het gevoel te laten verdwijnen. Ik was gewoon jaloers op Esther en Lucas. Op wat zij hadden. Het had niks met hem te maken. Sterker nog: ik vond hem juist ontzettend aardig. Natuurlijk mocht hij blijven slapen als hij vastzat op het station. Snel belde ik hem. Hij nam al op toen de telefoon één keer was overgegaan.

'Dat is snel.' Lucas' vertrouwde stem klonk heel dichtbij. Opeens realiseerde ik me dat ik hem nog nooit aan de telefoon had gehad. Ik zag hem alleen als ik naar huis ging en Esther en Lucas daar hadden afgesproken. Het sloeg nergens op, maar het voelde gek om met hem te bellen zonder Esther erbij.

'Ja... eh, natuurlijk.' Mijn stem haperde. Wat was er met me aan de hand? 'Ik bedoel, natuurlijk kun je bij mij blijven. Wat irritant dat de trein niet rijdt.'

'Behoorlijk,' zei Lucas. 'Er is een trein ontspoord, dus de komende uren rijdt er niks. Fijn als ik bij jou kan blijven, bedankt.'

'Geen probleem,' zei ik, terwijl de afspraak die ik net met Laila had gemaakt door mijn hoofd schoot. Shit!

'Komt het wel uit?' Het leek alsof Lucas mijn gedachten had gehoord.

'O ja, eh, ik bedacht me net dat ik eigenlijk op stap zou gaan met Laila,' gaf ik eerlijk toe. 'Maar dat zeg ik wel af, hoor. Geeft niet.' Geen haar op mijn hoofd die eraan dacht Esthers vriendje aan zijn lot over te laten.

'Nee, nee. Dat hoeft niet!' Lucas klonk beslist.

'Maar... ik wil niet dat jij in je eentje zit,' mompelde ik, terwijl ik met één hand de deur van mijn studentenhuis probeerde te openen, wat geen gemakkelijke opgave was, aangezien de deur nogal klemde.

'Nee, ik bedoel...' Lucas leek even te aarzelen, '...dat ik best met je mee wil, als het mag.'

Verbaasd staakte ik het gefriemel met mijn sleutel. Wilde Lucas mee op stap? Dat was toch helemaal niets voor hem? Hij en Esther hielden meer van lezen en films kijken.

'Hé, heel soms vind ik dat best leuk, hoor!' Opnieuw was het alsof hij precies wist wat ik dacht.

'Oké, als je het zeker weet. Gezellig!' riep ik. 'Ik spring nu op de fiets, ik kom je halen. Tot zo!'

'Ik wacht op je bij de fietsenstalling,' hoorde ik Lucas nog snel zeggen, praktisch als hij was, terwijl ik haastig mijn voordeur opende en de trap op rende, naar mijn kamer.

Help, dacht ik, terwijl ik mijn kamer rondkeek. Opruimen was nooit mijn sterkste kant geweest, maar momenteel brak het rommelgehalte zelfs mijn eigen ultieme record. Ik had een passessie van vakantiekleren gehouden en de gehele inhoud van mijn kledingkast lag verspreid over de vloer en op mijn bed. De stapel boeken en readers die ik voor mijn laatste tentamen had gebruikt, was omgevallen en lag naast mijn bureau. Ik sprong op de kledingberg af en propte alles in mijn kledingkast. Rondslingerende boeken, papieren en dvd's gooide ik allemaal in de onderste lade van mijn bureau, die ik met moeite dicht kreeg.

Vijf minuten later keek ik tevreden mijn kamer rond. Het zag er best opgeruimd uit. Nou ja, voor mijn doen dan. Alice zou er spontaan allergische reacties van krijgen, en Esther zou mijn opruimmethode boekenmishandeling vinden. Maar zolang Lucas niet in mijn kasten of laatjes keek, kon het er best mee door.

Snel trok ik een ander truitje aan, dat nog over mijn bureaustoel hing, werkte mijn mascara bij en haalde een borstel door mijn haren. Ik was er klaar voor om Lucas te laten zien wat mijn idee van een leuke avond was.

Ik zag Lucas meteen. Hij stond tegen een lantaarnpaal geleund en keek de verkeerde kant op. Schuldgevoel overviel me. Waarom had ik hem laten wachten? Misschien stond hij hier al heel lang voordat hij me had durven bellen. Ik trok een sprintje op mijn fiets voor de laatste meters die ons scheidden. Toen ik vlak bij hem was, draaide hij zich plotseling om en keek me recht aan, alsof hij wist dat ik eraan kwam. Er verscheen een glimlach op zijn gezicht en hij zwaaide naar me. Ik voelde dat mijn hartslag versnelde.

'Daar ben je.' Lucas keek me opgelucht aan. Hij droeg zijn blauwe jas met de witte streep over de mouwen, die ik talloze keren thuis aan de kapstok had zien hangen, wanneer hij bij Esther was. Het was vreemd om zijn vertrouwde verschijning hier in Amsterdam te zien, zonder Esther erbij.

Hij begroette me met een kus op mijn wang en ik voelde hoe mijn wangen kleurden. Zonder Esthers aanwezigheid leek het een verboden gebaar. Gelukkig was het al schemerig en zag hij het niet. 'Balen van de trein,' zei ik snel, en ik negeerde mijn rare gevoel. 'Maar hier ben ik: je redster in nood.'

Lucas lachte naar me. 'Ja, Esther zei al dat je het niet erg zou vinden. Fijn dat ik bij jou kan blijven.'

Aha, Esther had hem zelf overgehaald om me te bellen. Ze wist het dus. Ik voelde hoe het vreemde, ongemakkelijke gevoel van daarnet wegebde. Ik kon geen geheimen voor mijn zussen hebben. Het zou raar zijn als Lucas bij mij was zonder dat Esther het wist. Maar ze had het zelf gewild, ik hielp haar vriend. Er was niets aan de hand. Toch?

'Tuurlijk,' zei ik. 'Je zou anders toch zeker niet de hele nacht op het station zijn blijven zitten?'

Lucas schudde zijn hoofd. 'Nee, maar ik kan me best voorstellen dat je niet zit te wachten op de vriend van je zus.'

'Je bent altijd welkom,' verzekerde ik hem en ik

hield hem mijn fiets voor. Even later zweefde ik achterop bij Lucas door het centrum van de stad. Ik gaf hem aanwijzingen terwijl we kletsten over van alles en nog wat. Het voelde erg vertrouwd, alsof ik dagelijks bij hem achter op de fiets zat. Misschien kwam het gewoon doordat ik me zo verbonden voelde met Esther. Omdat Esther zo veel van Lucas hield, was ik automatisch ook dol op hem.

'Weet je het zeker?' vroeg ik, terwijl ik mijn fiets op slot zette bij Sinners, zoals Laila en ik de club noemden. We noemden hem zo omdat we er vaak heen gingen als we eigenlijk moesten leren voor een tentamen, maar we te veel zin hadden in dansen om het te laten.

Lucas knikte. 'Ik lust wel iets te drinken.'

'Dat kan ik me voorstellen, na al dat wachten op het station. Ik trakteer!' zei ik, en ik hield de deur voor hem open.

Eenmaal voorzien van een drankje ontdekte ik Laila al snel. Ze danste fanatiek met een paar studiegenoten, die ze in de steek liet zodra ze me zag.

'Gezellig dat je bent gekomen!' riep ze enthousiast. 'Had Michael geen zin om mee te ko–?' Ze maakte haar zin niet af en haar ogen haakten zich vast in iets achter mij. Lucas, dacht ik meteen. Ik was Michael even helemaal vergeten.

'Het is uit met Michael,' fluisterde ik snel. 'En ik heb Lucas meegenomen.'

'Dat is toch de vriend van je zus?' vroeg Laila verbaasd, terwijl ze nog steeds naar Lucas keek.

'Ja, hij is gestrand op het station, dus hij blijft vannacht bij mij slapen.'

Ik vond dat Laila me vreemd aankeek, maar draaide

me toch om naar Lucas om hem aan haar voor te stellen.

'Hoi Lucas, veel over je gehoord,' zei Laila, terwijl ze me indringend aankeek.

Ik keek haar bevreemd aan. Waar doelde ze op? Ik besloot het te negeren – misschien had ze iets te veel mixjes gedronken.

'Dansen?' riep ik naar Lucas, die net zijn lege glas wegzette.

Hij knikte en grijnsde. 'Kom maar op!'

De tijd vloog. We playbackten liedjes naar elkaar en deden gekke dansjes. Lucas was zo grappig dat mijn buik zeer deed van het lachen.

Toen hij nieuwe drankjes ging halen, stond Laila ineens voor me. 'Marieke? Waarom is het uit met Michael?'

'Moet dat nu?' vroeg ik. Ik had het net zo naar mijn zin. Het was fijn om mijn warrige gevoelens even te vergeten. Ik richtte mijn blik op Lucas, die zich net vooroverboog om drankjes te bestellen aan de bar. Ik was helemaal niet zijn redster in nood, hij had juist míjn avond gered. Hij had me echt opgevrolijkt.

'Sorry dat ik het zeg, maar het lijkt alsof...' Laila's stem klonk aarzelend terwijl ze ook naar Lucas keek.

Vragend keek ik naar haar op. 'Zeg het maar. Wat denk je?'

'Oké,' zei Laila. 'Misschien zit ik er wel helemaal naast, hoor. Maar het lijkt wel of je verliefd op hem bent.'

'Verliefd? Ik ben helemaal niet ver–' Maar ik kon mijn zin niet afmaken, want Laila's woorden drongen langzaam tot me door en sloegen in als een onheil-

spellende komeet die niet meer van zijn koers kon af-
wijken. Mijn oren suisden en de muziek vervaagde.
Alles om me heen werd onscherp en ik greep me vast
aan de muur om mijn evenwicht te hervinden. Als
een echo herhaalde haar stem zich in mijn hoofd. *Het
lijkt wel of je verliefd op hem bent. Verliefd, verliefd, verliefd...*

Lucas. Ik kon toch niet verliefd zijn op Lucas? Dat
was onmogelijk, verschrikkelijk! Verboden terrein!
Hij hoorde bij Esther. Ik dacht aan haar gelukkige
ogen, haar stralende glimlach sinds ze hem kende.
Aan Lucas, zijn armen om haar heen. De manier waarop hij naar haar keek, alleen naar haar. Hoe kon ik verliefd op hem zijn? Dat kon niet. Mocht niet. Wilde ik
niet. Zij hoorden bij elkaar!

Geschrokken dacht ik terug aan onze eerste ontmoeting. Hij stond naast Esther en glimlachte naar
me. Een onvergetelijke glimlach. *Toen vond je hem al
leuk*, fluisterde een stemmetje in mijn hoofd. *Je bent al
die tijd al gek op hem geweest*. Het was waar. Het was
ontzettend waar. Maar hij stond naast Esther en haar
blik sprak boekdelen. Ze hoefde niets te zeggen. We
keken elkaar alleen maar aan. *Hij is het*, zeiden haar
ogen. *Hij is mijn ware liefde.* Wat kon ik anders doen
dan een stapje terug? Zij had hem het eerst gevonden.
Hij was van Esther en voor mij zou er wel iemand anders komen. En bovendien, ik was zo vaak verliefd. Ik
zou hem zo vergeten zijn en mijn hart aan iemand anders verliezen. Dacht ik.

'Marieke? Gaat het wel?' Lucas stond opeens naast
me met de drankjes. 'Voel je je niet lekker?'

Langzaam schudde ik mijn hoofd. 'Ik wil naar huis.'

'Oké, ik ga de jassen halen.' Ik zag hoe Lucas de drankjes aan Laila gaf en naar de garderobe liep.

'Ik eh...' Sprakeloos keek ik Laila aan.

'Sorry, ik wilde je niet kwetsen,' zei ze, en ik zag aan haar ogen dat ze het meende. 'Heb je het daarom uitgemaakt met Michael?'

'Ik... ik weet het niet,' gaf ik eerlijk toe.

'We bellen morgen,' riep Laila toen Lucas terug was met onze jassen en een arm om mijn schouders sloeg.

Ik knikte en liet me gewillig mee naar buiten voeren. Terwijl we koers zetten naar mijn kamer vol verborgen rommel, besefte ik opeens dat de vreemden die we passeerden misschien dachten dat ik Lucas' vriendin was. Gewoon een meisje dat achter op de fiets zat bij haar vriendje. Niks raars aan. Maar ik was zijn vriendin niet, ik was haar evenbeeld. En ik leek kennelijk nog meer op Esther dan ik altijd had gedacht. Ik werd zelfs verliefd op dezelfde jongen. De knoop die ik al tijden in mijn buik had gevoeld, was bezig uit te groeien tot zo'n enorm grote steen dat het me verbaasde dat Lucas niets merkte van het loodzware geheim dat bij hem achterop zat.

'Gaat het weer een beetje?' vroeg Lucas meelevend toen we bij mijn studentenhuis aan kwamen.

'Ja, het was nogal warm daar,' loog ik. 'Het gaat wel weer.' Wat er ook gebeurt, besloot ik, hij mag dit nooit te weten komen.

Toen Lucas een halfuur later in diepe slaap op een matrasje naast mijn bed lag, bleef ik onafgebroken naar hem staren. Ik luisterde naar zijn rustige en constante ademhaling, terwijl hij zich totaal onbewust

was van de pijn die zich door mijn borstkas verspreidde. In stilte liet ik mijn tranen komen. Hoe had ik mezelf zo lang voor de gek kunnen houden?

Nadat ik Lucas de volgende ochtend naar het station
had gebracht, kroop ik mijn bed weer in. Hij was op
weg naar huis, terug naar Esther, waar hij hoorde. Ik
trok de dekens over mijn hoofd en probeerde niet aan
zijn lieve ogen en zijn oogverblindende lach te denken. Hij had me tijdens het ontbijt – brood uit de vrie-
zer en een dikke laag chocoladepasta, het enige wat ik
in huis had – onderzoekend aangekeken. Zou hij iets
vermoeden?

Bij het afscheid op het station had hij me bedankt
voor de leuke avond en me een stevige knuffel gegeven. Zijn armen om me heen voelden zo goed dat ik
me onmiddellijk schuldig voelde. Ook al was het een
onschuldig gebaar, ik had het gevoel dat ik Esther ermee verraadde. Ik moest het haar vertellen. Maar
hoe?

'Zeg het haar gewoon,' zei Laila toen ik haar even later belde. 'Jullie vertellen elkaar altijd alles. Ze wordt
heus niet boos op je. Je kunt er toch niets aan doen
dat je verliefd bent? Het gaat erom wat je ermee doet.'

'Je hebt gelijk,' zei ik zacht, terwijl ik naar een foto
staarde waarop Alice, Esther en ik met z'n drietjes
stonden. Mijn zussen waren mijn beste vriendinnen.
Mijn soulmates. We zouden morgen samen naar
Spanje gaan. Ik wilde mijn hart luchten voordat we
vertrokken. Misschien lukte het me mijn gevoelens
thuis achter te laten en samen met mijn zussen van
een zorgeloze vakantie te genieten als ik alles eerlijk

opbiechtte. Bovendien werd ik misselijk van het idee dat ik iets voor mijn zussen verborgen hield. Wij hadden geen geheimen voor elkaar.

'Ik ga naar huis,' zei ik resoluut tegen Laila. Sommige dingen vertelde je nu eenmaal niet door de telefoon. Dit was duidelijk zo'n geval. 'We bellen.'

Eigenlijk hadden Alice, Esther en ik de volgende ochtend afgesproken in de vertrekhal van Schiphol, maar daar kon ik niet op wachten. Ik wilde hen zo snel mogelijk spreken. Ik sms'te Alice of ze ook naar huis wilde komen. Ik trok haastig mijn koffer onder mijn kast vandaan en propte hem vol met de kleding die uit de kast op de grond viel zodra ik de deur opende. Ik wilde naar huis, naar mijn zussen. Jammer dan als ik iets was vergeten, wat het ook was, op mijn paspoort na kon ik toch altijd alles van Alice of Esther lenen.

In de trein dacht ik na over hoe ik het Ester zou vertellen. 'Esther, ik ben verliefd op Lucas.' Het klonk afschuwelijk. Ik wist niet of ik het over mijn lippen kon krijgen. Ik wilde helemaal niet verliefd op hem zijn, en al helemaal niet hun geluk verstoren. Esther zou vast wel weten wat ik moest doen om mijn verboden gevoelens kwijt te raken. En anders Alice wel.

Naarmate mijn bestemming dichterbij kwam, ging mijn hart steeds sneller kloppen. Het was alsof het geheim dat er al maanden in verborgen zat, wist dat het bijna zou worden vrijgelaten en het beukte en bonkte erop los nu de verlossing op de loer lag. Terwijl ik naar huis liep en mijn koffer achter me aan sleepte, voelde ik een traan over mijn wang glijden. Wat er ook gebeurde, ik wist dat mijn nieuws zowel Esther als Alice verdriet zou doen. Want als ik verdrietig was, waren mijn zussen dat automatisch ook. Maar ik kon niet langer met dit geheim leven. Esther verdiende het om de waarheid te weten.

Het begon al te schemeren toen ik uit de bus stapte en naar het huis van mijn ouders liep. Het huis was donker, alleen op de bovenverdieping brandde licht. Dat was waar ook, onze ouders waren op vakantie en Esther was alleen thuis. Ik stelde me voor hoe Esther in kleermakerszit op haar bed in een enorm dik boek zat te lezen. Gerustgesteld door de vertrouwde situatie die ik zou aantreffen, opende ik de voordeur, zette mijn koffer in de hal en liep meteen door naar boven, naar Esthers kamer. Met elke trede van de trap die ik nam, was ik een stukje dichter bij Esther, dichter bij de ontknoping van mijn vreselijke geheim. Mijn tranen kon ik niet langer tegenhouden. Ik stormde naar Esthers kamer en trok de deur open.

'Esther, ik...' Versteend bleef ik in de deuropening staan. Esther was er niet. Ik staarde in de verbaasde ogen van Lucas.

'Marieke? Wat is er? Je huilt!' Hij stond op en liep op me af.

'Ik eh... Waar is Esther?' bracht ik ongemakkelijk uit, maar ik kon mijn ogen niet van hem afhouden. Het was alsof een onzichtbare kracht me in zijn richting duwde, terwijl hij dichterbij kwam en troostend zijn armen om me heen sloeg. Even viel de doffe pijn die ik al maanden in mijn binnenste had gevoeld helemaal weg. Zijn warme armen om me heen, zijn gezicht zo dicht bij het mijne... het voelde zo ontzettend goed. Mijn armen gleden als vanzelf om hem heen en ik hield hem stevig vast.

'Marieke, is er iets gebeurd?' vroeg Lucas. Hij veegde een paar haren uit mijn gezicht en zijn donkere ogen leken recht in mijn ziel te kijken.

'Lucas, ik...' Ik schudde mijn hoofd. 'Ik zou willen dat jij ook een lookalike had.' Het was eruit voordat ik er erg in had en ik keek hem opgelaten aan, vol spijt over wat ik had gezegd.

Lucas leek iets te willen zeggen, maar er kwamen geen woorden. Mijn hart leek bijna uit elkaar te spatten toen ik voelde dat hij nog iets dichter bij me kwam staan, hoe zijn armen me nog steviger vasthielden. Ik deed mijn ogen dicht en ik had geen idee hoe het precies gebeurde, maar ik voelde hoe mijn lippen de zijne raakten. Tijd en ruimte leken in het niets op te lossen. Alleen hij en ik waren er nog. Zijn armen om me heen, zijn kus.

Even leek alles te zijn zoals het moest zijn, al hoorde ik de alarmbellen in mijn hoofd steeds harder klinken. Maar mijn hoofd en hart spraken, nee, schreeuwden in verschillende talen om elkaar te overstemmen en mijn hersens weigerden om de tegenstrijdige boodschappen in mijn binnenste te ontcijferen. Een paar seconden voelde ik me zielsgelukkig, tot het moment werd verstoord door het geluid van brekend glas. Esther stond in de deuropening, een dienblad en gebroken glas lagen rond haar voeten op de vloer. Toen ik de uitdrukking in haar ogen zag, wist ik dat het hartzeer dat ik al die maanden had gevoeld niets voorstelde vergeleken bij wat zij nu voelde. Wat had ik gedaan?

Esther

Ongelovig keek ik van Marieke naar Lucas, en van Lucas naar Marieke. Vliegensvlug lieten ze elkaar los. Wat was hier aan de hand? Ik wilde het vragen, maar het leek alsof ik vergeten was hoe dat moest, praten. Als bevroren stond ik in de deuropening. Ze hadden elkaar losgelaten, maar in mijn hoofd zag ik haarscherp voor me hoe ze daarnet nog hadden gestaan: Lucas met zijn armen om Mariekes middel en zij met haar handen in zijn haar. Dit kon niet waar zijn.

Lucas en Marieke stonden inmiddels zo ver van elkaar vandaan dat het bijna niet te geloven was dat ze een paar seconden geleden nog hadden staan zoenen. Zoenen!

Eindelijk vond ik mijn stem terug. 'Wat doen jullie?' Mijn stem klonk hoog en raar, helemaal niet als de mijne.

'Esther, dit is niet wat het lijkt.' Marieke strekte haar hand naar me uit en deed een paar stappen in mijn richting, maar ik stapte achteruit. Ik kon haar letterlijk niet te dichtbij hebben. Aarzelend stond Marieke weer stil, ze liet haar uitgestoken hand slap neervallen.

'Wat is het dan wél?' vroeg ik.

Het bleef stil. Marieke haalde haar schouders op, maakte een gebaar alsof zij het ook niet wist, keek

-22-

toen om naar Lucas, alsof ze steun van hem verwachtte. Ik verplaatste mijn blik van haar naar Lucas, die
naast mijn bureau stond, als een dief die op heterdaad
was betrapt. Waarom keek hij me niet aan, waarom
duwde hij Marieke niet opzij om me vast te houden?

'Lucas?' vroeg ik. Mijn stem beefde.

Maar hij keek me nog steeds niet aan. Zijn blik
vloog door de kamer en landde even bij Marieke, maar
hij keek niet naar mij.

'Lucas, wat is er aan de hand? Waarom waren jullie...' Ik kon het niet zeggen.

'Het gebeurde gewoon,' zei Marieke. 'Ik kwam jouw
kamer binnen, Lucas was hier en toen...'

'En toen heb je je in Lucas' armen gestort?' Plotseling stroomde ik vol met woede. 'Wat bezielt jou? Je
had van hem af moeten blijven!'

Nog voordat Marieke iets kon zeggen, kwam Lucas
ineens tot leven.

'Ik kan beter weggaan,' zei hij met verstikte stem. Hij
glipte langs me heen door de deuropening, nog steeds
zonder me aan te kijken, en vluchtte weg. Zijn voetstappen roffelden op de trap. Hij had duidelijk haast.

De achterdeur sloeg met een knal dicht. Hij kon
toch niet gewoon weglopen, terwijl ik hem net betrapt
had met Marieke? Hij was mijn vriend, mijn alles. Hij
was het beste wat me ooit was overkomen. Maar hij
was ook degene die zojuist nog met mijn zus stond te
zoenen.

Ik liep terug mijn kamer in, waar Marieke nog
steeds in dezelfde houding stond. Haar ogen stonden
smekend. Wat wilde ze van me horen? Ik kon niet hel-
der nadenken. Dit leek wel een slecht toneelstuk. Ik

had alleen geen idee wat mijn tekst was. En Marieke zo te zien ook niet.

Zou ik het soms verkeerd gezien hebben? Hadden ze elkaar misschien alleen omhelsd, als goede vrienden, en meer niet? Maar onmiddellijk zag ik hun hartstochtelijke zoen weer voor me en Lucas' armen om Mariekes middel. Ik wist het zeker. Dit was geen misverstand. Dit was verraad. Er welde een ongekende woede in me op, hevig en vlijmscherp.

'Ik kon er niets aan doen, Esther,' zei Marieke. 'Lucas is gewoon de leukste jongen van de wereld.'

'Maar wel míjn leukste jongen van de wereld,' zei ik. 'Hoe kon je dit doen? Hoe kan ik je nu ooit nog vertrouwen?'

Marieke staarde me een hele tijd aan. Toen werd ze kwaad. 'Hoe kon ík dit doen? En Lucas dan? Hij deed toch net zo goed mee!'

Ik had mijn stem niet meer onder controle. Hoe durfde ze zoiets te zeggen over Lucas?

'Hij zou jou nooit gezoend hebben als jij niet was begonnen. Je hebt hem ermee overvallen! Lucas zou nooit iets doen om mij te kwetsen.'

'En ik wel?' Marieke ging steeds harder praten. 'Waarom leg je alle schuld bij mij? Hij zoende me anders wel terug! Hij wilde dit even graag als ik!'

Elk woord van Marieke voelde als een messteek. Dit kon niet waar zijn. Het mocht niet waar zijn. Het was onmogelijk.

'Dat geloof ik niet!' zei ik. 'Hoe durf je hem van zoiets te beschuldigen? Lucas is mijn ware liefde! Hij hoort bij mij! Ooit gaan we trouwen en kinderen krijgen, dat weet ik zeker.'

'En dan leven jullie nog lang en gelukkig, net als in een sprookje?' Marieke lachte honend. 'Esther, Lucas is je allereerste vriendje. Wie zegt dat jullie voor altijd bij elkaar blijven? De meeste meisjes hebben meerdere vriendjes voordat ze trouwen.'

'Jij misschien,' zei ik. 'Ik niet. Lucas is mijn vriend. De mijne! Voor altijd.'

Marieke keek me hoofdschuddend aan, alsof ik oerdom was. 'Het leven is geen sprookje, Esther. *Wake up in the real world.*'

'Ik geloof dat dat net is gebeurd,' zei ik. Ik kon Marieke niet aankijken. In haar ogen, die zo veel op de mijne leken, zag ik iets weerspiegeld wat ik nog niet wilde weten. Verdriet. Maar vooral verliefdheid. Kon het waar zijn? Was ze echt verliefd op hem? En nog erger... was Lucas ook verliefd op haar?

Ik draaide me om om aan Mariekes blik te ontsnappen. Rusteloos vloog mijn blik door de kamer, naar de boeken waarin Lucas en ik net nog hadden zitten lezen, de aangebroken reep chocolade en het theelichtje op mijn bureau. Het zag er knus en veilig uit. Knus, maar voorspelbaar, zoals Lucas laatst had gezegd... Ik moest nadenken. Ik had het gevoel dat ik de omvang van dit drama nog lang niet kon overzien.

'Ik wil dat je weggaat,' zei ik tegen Marieke, die ik achter me hoorde snikken. Ik balde mijn vuisten. Mariekes tranen maakten me opnieuw kwaad. Marieke deed alsof zij het slachtoffer was, terwijl zij mijn vriendje had gezoend. In mijn eigen kamer nog wel!

Mariekes adem stokte. 'Wil je dat ik wegga? Maar wat... Maar onze vakantie dan?'

Ik kneep mijn ogen stijf dicht. Hoe kon ik op vakantie gaan met Marieke alsof er niets was gebeurd? En weggaan van Lucas, terwijl het blijkbaar onmogelijk was om hem alleen te laten met zo veel kapers op de kust.

'Er is geen vakantie meer,' zei ik toonloos. 'Ik kan niet op vakantie met iemand die ik niet kan vertrouwen.'

'Esther, doe dit nou niet.' Marieke begon opnieuw te huilen. 'Ik ben het toch maar. Niet een of andere bimbo die achter Lucas aan zit.'

Ik draaide me om. 'Dat is juist het ergste! Dat jíj het bent! Snap je dat dan echt niet?'

Nu was het Marieke die mij niet kon aankijken. Het was heel lang stil tussen ons. Marieke trok met haar voet strepen over mijn vloerbedekking.

'Jawel,' zei Marieke uiteindelijk. 'Natuurlijk begrijp ik dat.'

Opnieuw viel er een stilte tussen ons. Mijn handen trilden zo dat ik ze in elkaar liet grijpen. Ik kneep zo hard dat mijn knokkels wit werden. Het deed pijn, maar ik wist niet zeker wat er zou gebeuren als ik losliet. Er hoorden geen stiltes te bestaan tussen Marieke en mij. Er hoorde niets tussen ons in te staan. Geen verwijten. Geen ruzie. Geen geheimen. En zeker Lucas niet.

Plotseling draaide Marieke zich met een ruk om en liep de kamer uit. Ze liep weg zonder de deur dicht te doen. Ik luisterde of ze naar haar eigen slaapkamer ging, maar ze ging de trap af. Ik hoorde het getik van haar hakken op de keukenvloer, daarna over het parket in de huiskamer, toen het gepiep van de deur in de gang. Even later hoorde ik de voordeur dichtvallen.

Met een paar beverige passen was ik bij mijn raam. Ik zag hoe Marieke het tuinpad af liep met de koffer die ze had ingepakt voor onze vakantie. Ze liep de straat uit in de richting van de bushalte, zonder om te kijken. Ze ging dus echt naar huis. Onze vakantie was al voorbij voordat hij begonnen was. Mijn lippen trilden, mijn ogen brandden.

Ik wilde helemaal geen ruziemaken met Marieke. Hoe konden wij nou ruzie hebben? Ze was mijn tweede ik! Marieke en ik ruzie, dat bestond gewoon niet. En toch hadden we het nu. Iets in mij wilde haar achternarennen, zeggen dat ze terug moest komen. Maar dat was onmogelijk. Wat Marieke had gedaan, was onvergeeflijk.

Ik schrok op van een geluid achter me. Ik draaide me zo snel om dat ik er duizelig van werd. 'Lucas?' zei ik ademloos. Was hij teruggekomen om uit te leggen dat het allemaal Mariekes schuld was? Dat hij ook niet wist wat hem was overkomen en dat het hem verschrikkelijk speet?

Maar het was Alice die in mijn deuropening stond, met betraande ogen en uitgelopen mascara. Ze zag er net zo uit als Marieke zoals ze net tegenover me gestaan had. In een flits besefte ik dat er precies hetzelfde uit moest zien. Het was duidelijk dat Alice alles had gehoord. Ze moest vlak na Marieke thuisgekomen zijn.

Even zag ik het belachelijke in van de situatie. We waren alle drie in tranen om dezelfde jongen. Dat was belachelijk! Maar het was wel Lucas. Míjn Lucas.

'Is Marieke naar huis?' vroeg Alice, met haar stem vol tranen.

Ik kon niets zeggen, alleen maar knikken.

Alice keek naar de glasscherven en de vlekken van het theewater in mijn vloerbedekking. 'Gaat onze vakantie nu niet door?'

Ik hapte naar adem. 'Is dat het enige waar je nu aan kunt denken, aan onze vakantie?' vroeg ik. Ik deed een paar stappen achteruit. 'We kunnen niet meer samen op vakantie! Besef je wel wat er is gebeurd? Marieke heeft met Lucas gezoend! Marieke! Marieke met Lucas!'

Alice keek me aan. Er liepen tranen over haar wangen. Er liepen dikke strepen mascara over haar gezicht. Waarom zei ze nu niets? Waarom zei ze niet hoe gemeen het van Marieke was om mijn vriendje in te pikken? Dat we natuurlijk niet meer op vakantie konden samen? En vooral: waarom rende ze niet naar me toe, zodat ik haar kon omhelzen en zij kon zeggen dat alles weer goed kwam?

'Nou?' zei ik.

Alice keek me aan, haar ogen stonden verward. 'Wat wil je dat ik zeg?'

Mijn mond zakte open. Dat was toch overduidelijk? Begreep Alice dan echt niet wat ik wilde horen? Wat was dit, een nachtmerrie? Waarin de enige twee personen die mij altijd blindelings begrepen plotseling een andere, onbegrijpelijke taal spraken?

Ik kruiste mijn armen, alsof ik mezelf moest beschermen. Ik moest mezelf vasthouden, anders zou ik in honderd kleine stukjes uit elkaar vallen en Alice ging me kennelijk niet lijmen. 'Sta je dan niet in mijn kant? Je wilt toch niet zeggen dat je het met Marieke eens bent?'

Alice schraapte haar keel. 'Er is geen kant, Esther.'

Dit moest ik even laten bezinken. 'Geen kant? Géén kánt? Hoe kan er nu geen kant zijn, Alice? Natuurlijk is er wél een kant! Hallo! Marieke heeft met Lucas gezoend! Hoezo sta je dan niet aan míjn kant?'

Alice ontweek mijn blik. Toen ze eindelijk iets zei, praatte ze zo zacht dat ik haar bijna niet kon verstaan. 'Ik wil niet tussen jullie in staan. Dit is iets tussen jou en Marieke.'

'Dat zou het zijn als we een tweeling waren,' zei ik. 'Maar we zijn met z'n drieën. Er bestaat geen "tussen mij en Marieke". Jij kunt nooit tussen ons in staan.'

'Maar dat vraag je wel van me,' zei Alice. 'En dat wil ik niet.'

Ik stampvoette van machteloze woede. 'Hoe kun je dat zeggen? Je zegt toch alsjeblieft niet dat je achter Marieke staat?'

'Nee, natuurlijk niet,' zei Alice zacht. 'Maar ik sta er ook niet achter dat jullie nu niet meer met elkaar praten. Je had niet moeten zeggen dat ze weg moest gaan.'

'Wat had ik dan moeten zeggen? "O, het geeft niet, Marieke, pik Lucas maar in"?' Wat deed ik, waarom schreeuwde ik tegen Alice? Zij kon er al helemaal niets aan doen. Maar waarom zei ze dan niet gewoon dat ze vierkant achter me stond? Waarom koos ze geen partij voor mij?

'Volgens mij was dat Mariekes bedoeling helemaal niet,' zei Alice zwakjes. 'Ze is gewoon verliefd op hem, Esther. Net als jij.'

'En dat noem jij gewoon?' zei ik. Voor de tweede keer die dag draaide ik een van mijn zussen de rug toe.

'Nee,' zei Alice achter me. Haar stem klonk ongelukkig. 'Maar verliefd worden doe je niet met opzet. Soms gebeurt dat gewoon.'

'En dus moet ik Marieke maar gewoon vergeven?' vroeg ik. 'Hoe kun je dat van me vragen? Wat zou jij doen als ik Julius kuste?' Driftig veegde ik mijn tranen weg.

Achter me bleef het heel lang stil. 'Ik weet het niet,' zei Alice. Ik hoorde aan haar stem dat ze opnieuw huilde. 'Ik denk dat ik onze vlucht maar ga annuleren.'

Ik sloot mijn ogen. Het leek wel alsof ik in een nachtmerrie terechtgekomen was. Ik had me zo op onze vakantie verheugd. Maar we konden nu niet meer op vakantie. Ik haalde diep adem. 'Doe dat,' zei ik kil. 'Ik wil nooit meer van mijn leven op vakantie met die achterbakse trut van een Marieke!'

'Ik denk dat ik ook maar naar huis ga,' zei Alice.

Ik draaide me met een ruk om. 'Naar huis? Wat bedoel je?'

'Naar Tilburg, naar mijn kamer,' zei Alice.

'Hoezo?' vroeg ik. 'Blijf je dan niet bij mij?' Ik hoorde zelf hoe wanhopig mijn stem klonk.

'Ik kan niet bij jou blijven als je zulke gemene dingen zegt over Marieke,' zei Alice.

Wat? Verward staarde ik haar aan.

'Als je er zo over denkt, moet je inderdaad maar weggaan,' zei ik. 'Want op dit moment kan ik totaal niets aardigs denken over Marieke!'

Alice knikte langzaam. 'Bel me maar als je wat rustiger bent,' zei ze. Toen draaide ze zich om en liep mijn kamer uit. Ze rende de trap af. Het klonk alsof ze zo snel mogelijk weg wilde, ver bij mij vandaan.

Woedend rende ik naar de deur en sloeg hem met een knal dicht. Een foto die ik op de deur had gehangen dwarrelde naar beneden en kwam voor mijn voeten op de vloer terecht. Een foto van Marieke en Lucas, die ik een paar weken geleden zelf had genomen op de verjaardag van onze vader. Lucas had zijn arm om Mariekes schouders. Hoe toepasselijk. Ik griste de foto van de vloer. Onderzoekend keek ik naar hun gezichten. Was er al eerder iets aan de gang geweest tussen hen?

Ik liep naar mijn bureau en pakte mijn telefoon. Met trillende vingers toetste ik Lucas' nummer in. Ik moest met hem praten.

Hij nam meteen op. Zijn stem klonk schor, aangeslagen.

'Lucas?' zei ik. Mijn stem trilde. Even had ik er spijt van dat ik niet gewacht had met bellen totdat ik wat minder over de rooie was. Maar ik wás over de rooie. Door Lucas. Hij moest me geruststellen. Hij zóú me geruststellen. Hij zou me vertellen dat hij ook niet wist wat hem overkwam. Dat hij alleen van mij hield. Toch?

'Ik ben blij dat je me belt,' zei Lucas. 'We moeten praten.'

Ik knikte, en bedacht toen dat hij dat niet kon zien. 'Ja. Ja, dat moeten we inderdaad.'

Hij haalde diep adem. Het klonk alsof hij ook gehuild had.

'Lucas, niet huilen,' zei ik vlug. 'Ik weet dat jij er niets aan kon doen. Marieke begon je ineens te zoenen en jij wist natuurlijk ook niet wat je overkwam. Het geeft niet. Ik was net heel erg in paniek, maar we komen hier wel uit. Ik weet dat het niets te betekenen had.'

'Dat eh... dat weet ik niet,' zei Lucas. Zijn stem klonk heel zacht en heel ver weg.

'Wat bedoel je?' vroeg ik.

'Zo is het niet gegaan, Esther,' zei Lucas. 'Marieke kwam binnen. Ze was verdrietig. Ik omhelsde haar en van het een kwam het ander. Voor ik het wist, waren we... Zij begon me te kussen, maar ik... ik wilde het ook.'

Wat? Wat zei hij nou? 'Dat geeft niet,' zei ik snel. 'Ik begrijp dat je haar alleen maar wilde troosten.'

Het was even stil. Toen zei Lucas: 'Dat weet ik niet zeker, Esther. Ik geloof niet dat ik haar alleen maar wilde troosten. Ik wilde haar zoenen. Al een tijdje, eigenlijk.'

Gebeurde dit echt? Ik begon onbeheerst te snikken. Ik drukte mijn hand tegen mijn mond om het tegen te houden, maar het lukte me niet het te onderdrukken.

'Ik weet op dit moment niet zo goed wat ik voel, Esther,' zei Lucas. 'Ik hou van jou. Maar Marieke... Marieke heeft iets waar ik helemaal weg van ben.'

Ik wist niet wat ik moest zeggen. Ik beet zo hard op mijn lip dat ik bloed proefde.

'Het spijt me,' zei Lucas. 'Het spijt me heel erg. Ik moet nadenken. Ik ben bang dat ik verliefd ben op jullie allebei.' Hij zuchtte. 'Geef me alsjeblieft de tijd om erachter te komen wat ik voel.'

Ik zei niets. Mijn tanden klapperden zo hard dat hij het vast kon horen.

'Esther, gaat het wel? Zal ik naar je toe komen?'

Ik vond eindelijk mijn stem terug. 'Nee,' zei ik. 'Nee. Ga maar naar Marieke als je haar zo leuk vindt!'

Ik hoorde hem protesteren, maar ik kon er niet

meer naar luisteren. Ik klapte mijn telefoon dicht en keilde hem door de kamer. Hij knalde tegen mijn kastdeur, gleed over de vloer en verdween daarna onder mijn bed. Het klonk alsof er iets stukging, maar dat kon me niets schelen. Niets kon me nog iets schelen.

De wereld stond op losse schroeven. Marieke had de waarheid gesproken. Zij was begonnen, maar Lucas had haar kus beantwoord. Zij wilde niet alleen hem zoenen, hij had het ook gewild. Mijn grootste angst was uitgekomen. Diep in mijn hart wist ik eigenlijk al heel lang dat Marieke Lucas leuk vond. En de laatste tijd had Lucas soms zo anders gedaan. Af en toe had ik het gevoel dat hij onze rustige avonden samen maar saai vond. Dat hij míj saai vond. Laatst nog had hij gezegd dat Marieke zo lekker impulsief was. Dat hij er soms over dacht om op kamers te gaan wonen, omdat hij het wel gezien had op het platteland. En laatst, toen onze ouders vijfentwintig jaar getrouwd waren, had hij wel erg lang met Marieke staan praten. En Marieke had toen zo moeten lachen om alles wat hij zei. Al deze dingen had ik diep weggestopt. Misschien hoopte ik dat het niet bestond als ik er maar niet te veel aan zou denken.

Maar nu was mijn grootste angst toch uitgekomen. Lucas had ontdekt dat Marieke veel spannender en avontuurlijker was dan ik en hij vond haar leuker, mooier en liever. Zag hij dan niet dat ik veel beter bij hem paste, dat ik, sterker nog, pérféct bij hem paste? Marieke hield niet van lezen of van studeren. Ze was niet ambitieus en hield zich aan geen enkele deadline. Ze was slordig en chaotisch en vreselijk ongeorganiseerd. Hoe kon hij verliefd op haar zijn? Omdat elke dag met Marieke een verrassing was? Omdat Marieke honderd mensen kende die haar uitnodigden voor spetterende feestjes? Omdat ze in een bruisende grote stad woonde, waar elke dag van alles gebeurde? Was dat wat Lucas wilde? Een impulsieve, uitdagende versie van mij met wie hij tot diep in de nacht kon dansen? Langzaam maar zeker drong het tot me door. Lucas was uitgekeken op mij en nu was hij verliefd op Marieke. En zij op hem. Deze gedachte deed zo'n pijn dat ik het bijna niet kon verdragen.

Ik stortte me op mijn bed, perste mijn gezicht in mijn kussen en huilde zoals ik nog nooit had gehuild. Ik pakte mijn beer, mijn knuffel van vroeger die nog altijd op mijn voeteneinde lag, en kneep hem bijna fijn. De tijd stond stil. Nu wist ik hoe het voelde om een gebroken hart te hebben. Al was dat nog niet genoeg om te beschrijven hoe ik me voelde. Versplinterd. Verbrijzeld. Verpletterd.

Na een hele tijd schrok ik op van de beltoon van mijn mobiele telefoon. Hij deed het dus toch nog. Ik kroop onder mijn bed en voelde op de tast naar mijn mobieltje. Het was vast Lucas om te zeggen dat het hem speet. Dat hij ook niet wist wat hem bezield had. Hij was vast op dit moment naar me onderweg om alles uit te praten. Maar toen ik mijn mobieltje eenmaal gevonden had, stond Mariekes naam op het display. Marieke. Marieke was wel de laatste die ik wilde spreken!

Lucas mocht dan beweren dat hij haar ook wilde zoenen, het was uiteindelijk allemaal Mariekes schuld. Als zij gewoon afstand bewaard had, dan was dit nooit gebeurd. Hij was tenslotte toch ook niet ineens verliefd op Alice? Daar had hij tenminste niets over gezegd. Dat kwam natuurlijk doordat Alice nooit belangstelling voor hem had getoond. Marieke had het zelf aangewakkerd en Lucas was erin getrapt!

Opnieuw woedend drukte ik Marieke weg. Het geluid van mijn mobieltje viel abrupt weg. Er liep een barst over het beeldscherm.

In de stilte die volgde besefte ik ineens iets verschrikkelijks. Ga maar naar Marieke als je haar zo leuk vindt, had ik zelf tegen Lucas gezegd. Wat nou als hij dat echt deed? Zou hij echt naar Marieke gaan om 'erachter te komen wat hij voelde'?

Ik sprong overeind. Dat mocht ik niet laten gebeuren! Koortsachtig dacht ik na en liet het telefoongesprek met Lucas door mijn hoofd gaan. Wat had hij precies gezegd? 'Ik ben bang dat ik verliefd ben op jullie allebei.'

Op ons allebei! Dan was het nog niet te laat! Het was nog nergens te laat voor! Ik liet Lucas niet zomaar van me afpikken. Marieke was misschien avontuurlijker dan ik, maar ik was zijn ware liefde. Ik, en niet Marieke! Ik keek naar mijn koffer, die ingepakt klaarstond bij mijn bureau. In mijn hoofd ontstond een plan. Ik zou Lucas achterna reizen naar Amsterdam, zo snel mogelijk. Ik moest weten hoe het zat: was het écht een eenmalige kus, zoals Marieke zei? Of was het veel meer dan dat? Nee, hield ik mezelf voor, dat was onmogelijk. Als hij echt met Marieke zou afspreken, zou hij vanzelf ontdekken dat ze minder goed bij hem paste dan ik. Dat hij natuurlijk alleen verliefd was op míj. En dan was ik alvast in de buurt om me in zijn armen te storten, zodra hij bij zinnen was gekomen.

Maar wacht, wat had hij nog meer gezegd? 'Marieke heeft iets waar ik helemaal weg van ben'. Ik slikte. Hoe was dat mogelijk? We hadden toch hetzelfde DNA? Als Marieke iets had waar hij helemaal weg van was, moest ik dat toch ook hebben? Ergens diep binnen in mij zweefde vast en zeker ook het avontuurlijke, onvoorspelbare Marieke-gen dat blijkbaar Lucas' hoofd op hol had gebracht. Ik kon ook avontuurlijk en onvoorspelbaar zijn. Als Marieke dat kon, kon ik het ook!

Mijn besluit stond vast. Ik zou naar Amsterdam gaan en ik zou Lucas opnieuw veroveren. En daar had ik Alice heus niet bij nodig.

'U heeft één nieuw voicemailbericht. Bericht ontvangen om 16.31 uur:'

'Lieve Esther, met mij! Neem alsjeblieft de telefoon op. Ik wil helemaal geen ruzie! We moeten praten! Please, bel me!'

Sms ontvangen om 16.55 uur:

ESTHER, HET SPIJT ME ZO.
ALSJEBLIEFT, LAAT IETS VAN JE HOREN!
VEEL LIEFS, MARIEKE

'Bericht ontvangen om 17.19 uur:'

'Waarom bel je me niet? Ik weet dat ik een fout heb gemaakt, maar we zijn soulmates! We moeten het goedmaken!'

Sms ontvangen om 18.02 uur:

ESTHER, PLEASE VERGEET WAT ER IS
GEBEURD! WE ZOUDEN TOCH MET Z'N
DRIEËN OP VAKANTIE GAAN? WE MOETEN
HET UITPRATEN! VEEL LIEFS

Sms ontvangen om 18.40 uur:

> HET SPIJT ME ECHT. IK HEB JE NOOIT
> PIJN WILLEN DOEN! IK VIND LUCAS
> GEWELDIG MAAR NATUURLIJK IS HIJ
> JOUW VRIENDJE! IK ZAL HEM NOOIT
> MEER AANRAKEN! IK BELOOF HET!

'Bericht ontvangen om 19.11 uur:'

'Ik hoop dat je nu met Lucas een romantische film zit te kijken en dat alles weer goed is tussen jullie. Wil je me alsjeblieft bellen als je thuis bent?'

Sms ontvangen om 21.00 uur:

> JULLIE ZULLEN NU TOCH WEL TERUG
> ZIJN? WAAROM BEL JE ME NIET?
> IK BEGRIJP DAT JE BOOS BENT, MAAR
> KOM OP, WE MOETEN HET GOEDMAKEN!

Sms ontvangen om 23.45 uur:

> ESTHER SERIEUS NEEM DE
> TELEFOON OP! IK KAN NIET
> GAAN SLAPEN ALS WE HET
> NIET HEBBEN UITGEPRAAT! BEL ME!

Sms ontvangen om 00.15 uur:

> JE WILT DUS NIET MET ME PRATEN...
> PLEASE, BEL ME TERUG, ESTHER.
> IK WIL DAT ALLES WEER GOED IS!
> PLEASE BEL ME MORGEN. HVJ MARIEKE

01.53 uur

> BERICHTGEHEUGEN IS VOL

Alice

De zon scheen warm door het raam en ik staarde naar het voorbijflitsende landschap. De trein raasde langs gele graanvelden, afgewisseld met boomgaarden en uitgestrekte weilanden, die de aarde in gekleurde vierkanten verdeelden. Het landschap was onmiskenbaar anders dan in Nederland en die gedachte maakte me vrolijk. Elke seconde bracht me een stukje dichter bij Julius, die in Saint Tropez op me wachtte. Wat een topidee van hem om samen vakantie te vieren in het huisje van zijn ouders. Ons afscheid was vreselijk geweest en de gedachte dat ik hem een hele zomer lang zou moeten missen vond ik afschuwelijk. Dat we elkaar nu alweer zo snel zouden zien, was het enige pluspunt aan de ruzie tussen Esther en Marieke.

Esther… Marieke… Lucas… Ik kon het eigenlijk nog steeds niet geloven. Marieke die Lucas kuste. Dat kon toch niet? Wij zouden toch nooit elkaars vriendjes inpikken? Ik kon me absoluut niet voorstellen dat Marieke hem doelbewust wilde versieren en Esther zo zou kwetsen. Maar Esther had het met eigen ogen gezien. En wat nog verontrustender was: Lucas had Marieke teruggekust! Ik durfde er niet over na te denken wat dat betekende. Het was voor mij zo overduidelijk geweest dat Esther de enige was voor Lucas. Had ik me dan zo vergist? Ergens hoopte ik nog steeds dat het allemaal één groot misverstand was. Want wat kon het anders zijn? In elk geval kon ik Esthers boze woorden niet langer aanhoren. Ook al begreep ik dat ze heel erg boos en verdrietig was, ik wilde geen front vormen tegen Marieke. Dat hoorde niet. Dat kon ik niet. Wilde ik niet.

De trein maakte een bocht en ik moest het handvat van mijn roze koffer grijpen om te voorkomen dat hij door het gangpad vloog. De oudere meneer tegenover me glimlachte even.

Voor de zoveelste keer pakte ik mijn telefoon uit mijn tas. Moest ik mijn zussen niet laten weten waar ik was? Het was niks voor ons om elkaar dit soort dingen niet te vertellen. Maar als ik ze zou bellen, zou Marieke vast opnieuw steun bij me zoeken en Esther zou waarschijnlijk aan een heel nieuwe anti-Marieke-tirade beginnen. Nee, dit kon zo niet langer. Het werd tijd dat ze met elkáár gingen praten, in plaats van met mij. Het was zoals Julius me gisteren telefonisch had uitgelegd: ze moesten Lucas-gate samen zien uit te vechten. En dat was het gemakkelijkst als ik uit de buurt was.

Mijn mobieltje piepte.

> HEY EL! HOE IS HET IN SPANJE?
> IK HEB EEN GRIEKSE HUNK AAN
> DE HAAK GESLAGEN! XX CHRIS

Ik glimlachte. Christine was duidelijk aan het genieten van haar vakantie op Kreta. Ze vond jongens niet snel leuk, dus ik was razend nieuwsgierig naar haar vakantievriendje. Ik sms'te terug:

HA CHRIS! VERTEL, IK WIL ALLES WETEN!
PLANNEN ZIJN GEWIJZIGD:
M & E HEBBEN RUZIE. BEN NU
ONDERWEG NAAR JUUL IN LA FRANCE.
X ALICE

Zo, nu wist in elk geval één persoon waar ik uithing. Ik zou mijn zussen later wel een berichtje sturen, als ik veilig was aangekomen. En om te voorkomen dat ik verder zou piekeren, viste ik een luchtig meidenboek uit mijn tas en dwong mezelf om te lezen.

Ik schrok op, blijkbaar was ik in slaap gevallen. De coupé was opvallend leeg, de oudere meneer die eerder tegenover me had gezeten was verdwenen. De zon scheen warm op mijn gezicht en ik staarde slaperig naar buiten. Waar waren we? Als ik mijn station maar niet had gemist! De trein begon vaart te minderen en ik probeerde te ontdekken in welke plaats we nu waren. Pff, gelukkig. Nog één station te gaan voordat ik op mijn eindbestemming zou aankomen.

Opeens voelde ik vlinders in mijn buik fladderen. Nog één station. Nog één station voordat ik Julius weer zou zien. Ik begon mijn tas alvast in te pakken en werkte mijn make-up een beetje bij. Straks, tijdens ons weerzien op het station, wilde ik een verpletterende indruk op hem maken. Ik zag het al helemaal voor me. Julius in zijn favoriete grijze shirt en zijn haar wapperend door een zomers briesje, terwijl hij op het perron op me stond te wachten. Zou hij naar me zwaaien zodra hij me zag? Of zou hij op me af stormen, me optillen en hartstochtelijk zoenen? Bij die gedachte kwamen de vlinders in mijn binnenste met-een weer in actie. In mijn hoofd speelde ik mijn hoogstpersoonlijke *All you need is love*-momentje wel twintig keer terug, om er elke keer weer iets moois bij te verzinnen.

De trein begon vaart te minderen. Zenuwachtig stond ik op, streek mijn donkergroene zomerjurkje glad en begon mijn enorme koffer alvast door het gangpad te trekken, zodat ik als eerste zou kunnen uitstappen en zo snel mogelijk bij Julius kon zijn.

Met enige moeite stapte ik van het trapje de trein uit en tilde mijn koffer op het perron. Zo, mijn zoek-tocht naar Julius kon beginnen! Was hij er al? Ik keek om me heen, maar de zon scheen in mijn gezicht en verblindde me. Snel rommelde ik in mijn tas en zette mijn nieuwe zonnebril op. Dat was al een stuk beter. Om me heen baanden talloze reizigers zich een weg naar de trein of juist de andere kant op, naar de uit-gang, naar hun eindbestemming. Overal zag ik onbe-kende gezichten, Julius was nergens te bekennen.

Langzaam maar zeker werd het perron leger en toen de trein verder reed, bleef ik als enige achter. Onzeker liep ik naar de uitgang van het station, in de hoop Julius' gezicht daar te ontdekken.

'Hé El!'

Ik herkende zijn stem uit duizenden. Julius! Hij zwaaide triomfantelijk vanachter het stuur van een glimmende, donkergrijze Jaguar. De auto vormde zo'n grappig contrast met zijn warrige, donkere haar en zijn verwassen concert T-shirt, dat ik wel moest la-chen.

Terwijl hij uitstapte, sprintte ik opgelucht van de

trappen om hem te begroeten en stortte me in zijn armen. 'Ik heb je gemist,' fluisterde ik.

'Ik jou ook,' zei hij. 'Kom, dan gaan we lekker naar huis.' Julius tilde mijn koffer op de achterbank van de auto en startte toen de motor. 'Gaaf karretje, hè?' zei hij trots. 'Is van mijn pa.'

Ik knikte. Hoewel ik geen verstand had van auto's, was het overduidelijk dat dit een peperdure wagen was. Ik had er geen idee van dat Julius zich interesseerde voor auto's – hij had het er nog nooit eerder over gehad – maar voor de zekerheid draaide ik het dopje van mijn flesje cola stevig vast, zodat ik niet op de smetteloze bekleding zou knoeien.

Terwijl Julius reed, staarde ik verliefd naar hem. We hadden elkaar nu een paar dagen niet gezien en hij was al aanzienlijk bruiner geworden. Stond hem goed, die zomerse look. Julius keek opzij en grijnsde naar me.

'Dit wordt een supervakantie,' zei ik.

'Absoluut. Wacht maar tot je het vakantiehuisje ziet.'

Na een tocht van een halfuur draaide Julius de oprit van een kasteelachtige villa op, compleet met fontein voor de deur.

'Is dít het vakantiehuisje van je ouders?' vroeg ik ongelovig. Er viel duidelijk nog een hoop te ontdekken over mijn kersverse vriendje.

'Ja, tof hè?' zei Julius. Hij stapte uit de auto, greep mijn koffer en ging me voor naar de voordeur. 'Onze slaapkamer heeft uitzicht op zee. Het geluid van de golven heeft wel wat,' vertelde hij luchtig. 'Dit voorjaar hebben mijn ouders trouwens een nieuw zwembad laten aanleggen. Echt veel mooier dan het vorige. Maar eigenlijk vind ik het vakantiehuisje in Portugal nog veel cooler. Daar moeten we volgend jaar eens naartoe gaan.'

Huisje in Portugal? Verbaasd over de afmetingen van dit 'vakantiehuisje' liep ik achter Julius aan. Hij scheen het allemaal volkomen normaal te vinden, maar ik was sprakeloos.

'Ik wist niet dat je ouders meerdere vakantiehuizen hadden,' stamelde ik.

'O ja, drie. Ze hebben er ook nog één in Spanje, maar daar gaan ze niet zo vaak naartoe. Ze zijn trouwens niet thuis. Ze gingen antiek bekijken in de stad.'

Mooi zo, we hadden het rijk dus even alleen.

Julius zette mijn koffer in een hoek van de gang en gaf me een rondleiding door het huis. 'Dit is de keuken, maar als het lekker weer is, eten we natuurlijk buiten.' Hij draaide een rondje in een prachtige, hypermoderne keuken en wees op het supersonische gasfornuis.

'Kijk dan hoe vet,' zei hij. 'Die zou ik thuis ook wel willen!'

Ik glimlachte. Natuurlijk, als topkok in spé was koken zijn lust en zijn leven. Even vroeg ik me af of zijn ouders niet gewoon zo'n fornuis voor hem konden kopen als ze kennelijk zo rijk waren, maar ik durfde het niet te vragen.

Julius showde de woonkamer en daarna pakte hij mijn koffer en tilde hem naar boven, waar hij me de vier grote slaapkamers liet zien, waarvan we er een samen zouden delen. Dromerig staarde ik door het raam. Julius had niets te veel gezegd, het uitzicht was geweldig.

'Wow, echt ongelofelijk,' zei ik, overrompeld door deze vakantiecultuurshock. Ik had eerder een stacaravan verwacht dan dit!

'Kom, laten we meteen een frisse duik nemen,' zei Julius. 'Kleed je hier maar om, dan schenk ik alvast een drankje voor je in.'

Julius denderde al naar beneden en ik trok me terug in de badkamer om mijn rode bikini aan te trekken. Gewapend met mijn Hello Kitty-handdoek, een flesje zonnecrème en mijn zonnebril liep ik naar beneden en vond Julius in de achtertuin, waar hij zich op een ligstoel geïnstalleerd had.

'Ha, daar ben je. Ik heb een lekker koud colaatje voor je.' Julius reikte me een glas aan en nipte zelf van een glas sinas, zijn favoriete frisdrank.

Vrolijk ging ik naast hem zitten. 'Wat is het hier mooi,' zei ik, overweldigd door de prachtig onderhouden tuin en het enorme zwembad.

Julius glimlachte. 'Zeker. Kom, dan plonzen we erin.'

Hij stormde op het zwembad af en sprong er zo hard in dat het water alle kanten op spatte. Ik lachte om zijn gekke actie en stak vervolgens één teen in het water om te testen hoe koud het was.

'Watje!' riep Julius naar mij, terwijl hij wat water mijn kant op spetterde.

Ik gilde voor de vorm en liet me toen theatraal in het water vallen. Het voelde fris aan aan mijn huid, een hele verademing na die lange treinreis.

Toen ik weer boven kwam, greep Julius me beet en

riep: 'Kom hier, mijn prinses in nood. Ik red je!' Hij tilde me op en kuste me hartstochtelijk. Mijn hart bonkte en ik aaide zijn natte haar.

Julius stopte even, keek me aan met zijn donkere, mysterieuze ogen en glimlachte zijn lieve lach naar me. 'Ik ben blij dat je bent gekomen,' zei hij.

'Ik ook,' fluisterde ik, verliefder dan ooit. Hij was duidelijk de Allerleukste Jongen Op Aarde.

Net toen we met een tweede gepassioneerde kus bezig waren en ik zijn hand onder mijn bikinitopje voelde glijden, hoorden we iemand kuchen. Geschrokken keek ik op.

Een chique meneer en mevrouw keken afkeurend op ons neer. Help, wie waren dit nou weer?!

'Pap! Mam!' Julius liet me haastig los, zwom naar de rand van het zwembad en trok zich op aan de kant. 'Dit is nou Alice. Ik heb haar net opgehaald van het station.'

'Hallo.' Verlegen zwaaide ik naar ze vanuit het midden van het zwembad. Zo had ik me de eerste ontmoeting met Julius' ouders niet bepaald voorgesteld. Opgelaten zwom ik naar het trapje en hees mezelf uit het water, om ze bibberend in mijn rode bikini een hand te geven.

De vader van Julius bekeek me van top tot teen, met een geamuseerde uitdrukking op zijn gezicht. Hij kon blijkbaar – in tegenstelling tot mijzelf – de humor van de situatie wel inzien.

'Hallo Alice, welkom. Ik ben Richard,' zei hij. 'Heb je een goede reis gehad?'

'Zeker, dank u,' zei ik. 'Leuk om jullie te ontmoeten.'

De moeder van Julius leek me wat minder toeschietelijk, want toen ik haar een hand wilde geven, reikte ze me eerst een handdoek aan. Maar misschien verbeeldde ik het me en was ze alleen bang om waterspetters op haar duur uitziende jurk te krijgen.

'Patricia,' zei ze, toen ze me uiteindelijk de hand schudde. 'Zo te zien heb je de weg naar het zwembad al gevonden.'

Niet zeker wetend of ze dat nou aardig bedoelde of niet, glimlachte ik maar wat. Zo veel ervaring had ik niet met schoonouderontmoetingen. 'Wat een prachtig huis,' zei ik daarom maar. 'Echt schitterend.'

'Dank je,' zei Patricia. 'In welke landen hebben jouw ouders vakantiehuizen?'

Even dacht ik dat ze een grapje maakte, maar toen haar gezichtsuitdrukking serieus bleef, zei ik eerlijk: 'Geen. Mijn ouders hebben maar één huis, gewoon in Nederland.'

'O.' De moeder van Julius wist duidelijk niet hoe ze op dit nieuws moest reageren. 'Nou ja, wat maakt het ook uit. Iedereen is anders. Ik ga me even omkleden, ik zie jullie zo.'

Richard vertrok ook naar binnen en zodra zijn ouders op veilige afstand waren, ging ik naast Julius zitten.

'Oeps,' zei ik. 'Dat was een aparte ontmoeting.'

Julius haalde zijn schouders op. 'Ach, je hebt meteen een onvergetelijke indruk gemaakt. Ik zou er niet mee zitten.'

'Denk je dat ze me wel aardig vinden?'

'Natuurlijk,' zei Julius. 'Mijn moeder moet altijd even wennen aan nieuwe mensen, maar ze trekt echt nog wel bij. Komt helemaal goed.'

Hij sprong op en haalde een grote opblaaskrokodil tevoorschijn. 'Kom op, we moeten Kroko even uitproberen!' Met die woorden plonsde hij opnieuw in het water.

Zodra ik me er ook in had laten zakken, bewoog hij de krokodil in mijn richting en produceerde een zogenaamd eng achtergrondmuziekje. Ik lachte en dook onder, in een poging hem te ontwijken, maar Julius was sneller en greep mijn voet vast. Proestend van het lachen kwam ik boven water, om te ontdekken dat Richard verbaasd naar ons keek.

'Je zou niet zeggen dat hij al negentien is,' zei hij.

Ik glimlachte. 'Ach, leeftijd is maar een getal.'

'Daar zeg je wat. Vanbinnen ben ik zelf ook pas zeventien.' Met die woorden trok hij zijn T-shirt uit en dook in het zwembad om Julius namens mij terug te pakken.

De rest van de middag zwommen we, dronken we lekkere drankjes en at Julius de hele zak boerderijdrop leeg die ik speciaal voor hem had meegenomen. De zon scheen en zo te zien had ik in een paar uur tijd al een beetje een kleurtje gekweekt, wat veel beloofde voor de rest van deze vakantie. Ik voelde me heerlijk ontspannen en besefte dat ik eventjes helemaal niet aan mijn zussen en de Ellende had gedacht. Julius had gelijk gehad, deze vakantie deed me goed. Al wist ik niet zeker of het met Marieke en Esther ook beter ging op dit moment...

Kennelijk zag Julius me staren, want hij sprak me streng toe. 'Zit je weer aan die zussen van je te denken? Luister nou maar naar mij, ze moeten hun ruzie zelf uitvechten. Dat kun jij niet voor ze doen. Je helpt ze niet door uren naar hun kant van het verhaal te luisteren, ze kunnen beter een oplossing gaan bedenken. Zet ze uit je hoofd. Je bent nu hier, bij mij. Je bent hier om vakantie te vieren, weet je nog?'

'Ja, dokter Phil,' grapte ik. 'Ik houd al op met piekeren!'

'Mooi zo.' En toen zijn ouders even niet keken, gaf hij me snel een kus.

Toen het wat af begon te koelen, ging ik terug naar onze slaapkamer om te douchen en me om te kleden. Ik smeerde me in met een flinke laag aftersun en trok mijn nieuwe aquablauwe jurk aan, met bijpassende ballerina's. Een uitstekende combinatie, vond ik zelf.

Eenmaal beneden trof ik Julius aan in de keuken, waar hij samen met zijn vader was begonnen met koken.

'Kan ik helpen?' bood ik aan, maar Julius schudde zijn hoofd.

'Nee hoor, ga maar lekker zitten.'

Ik nam plaats aan de keukentafel en keek toe hoe ze allerlei groenten in kleine stukjes sneden voor Spaghetti á la Julius. Lekker!

Terwijl ik servetjes aan het vouwen was – dan deed ik tenminste iets nuttigs – hoorde ik de voordeur opengaan, gevolgd door een heleboel stemmen. Vragend keek ik Julius aan.

'O, dat zijn mijn oom en tante met hun kinderen. Die komen hier ook twee weken logeren. Had ik dat nog niet verteld?'

Ik schudde mijn hoofd. Eerlijk gezegd had ik er niet op gerekend dat zijn hele familie hier zou verblijven.

Maar tijd om me hierop in te stellen had ik niet, want de keukendeur zwaaide open en drie jongetjes renden enthousiast naar binnen. De kleinste dook boven op Julius. Zo te zien waren zijn neefjes allemaal erg gek op hem.

Nadat ze Richard alle drie een high five hadden gegeven, staarden ze me nieuwsgierig aan.

'Wie is zij?' vroeg de oudste, prominent op mij wijzend.

'Dat is Alice, en ze kan zelf ook praten,' zei Julius bijdehand.

'Zij is je vriendin zeker!' giechelde de jongste, die zich duidelijk in de alle-meisjes-zijn-stomfase bevond.

'Inderdaad. Alice is namelijk het leukste meisje van Nederland,' antwoordde Julius.

Ik glimlachte. Wat was hij toch lief en perfect.

'En hoe heten jullie?' vroeg ik.

'Ik ben Tim,' zei de oudste, 'en dat zijn Maarten en Niels.'

'Aha.' Ik gaf de jongens alle drie een hand. 'Leuk om jullie te ontmoeten.'

Op dat moment kwamen ook de oom en tante van Julius binnen. Nadat ze Julius en Richard hadden begroet, wendden ze zich tot mij.

'Alexander.' Julius' oom, een man van middelbare leeftijd met grijzend haar en een lichtroze polo schudde mijn hand. Het leek alsof zijn blik naar mijn boezem afdwaalde, maar misschien verbeeldde ik me dat maar. In elk geval leek Julius' tante hetzelfde te denken, want ze gaf hem een por en pakte toen mijn hand beet.

'Hallo Alice, ik ben Lucia. Jij bent dus Julius' nieuwste vriendinnetje?'

'Eh ja,' stamelde ik, terwijl ik me plotseling afvroeg hoeveel meisjes Julius hier eerder mee naartoe had genomen.

'Aparte jurk,' zei Lucia, terwijl ze op mijn zomerjurkje wees. 'Waar heb je die vandaan?'

'Van de H&M,' vertelde ik trots.

Ze keek me vreemd aan. 'H&M? Meisje, dat is toch geen kwaliteit! Patricia moet je echt even wat goede boetiekjes laten zien deze week. Maak je maar geen zorgen, wij zullen je wel laten zien hoe je je beter kunt kleden.'

Hoewel wat ze zei natuurlijk een belediging was, werd ik gelukkig afgeleid door een van de kinderen.

'Ga je mee spelen?' vroeg Niels, terwijl hij aan mijn arm trok.

'O nee, hè, nou wil hij een potje pesten met je doen en kom je niet meer van hem af!' riep Maarten uit.

'Mij best, hoor,' zei ik. 'Ik maak je helemaal in.'

Niels haalde meteen zijn kaarten tevoorschijn en trok me mee naar buiten. We gingen tegenover elkaar aan de tuintafel zitten en nadat hij de kaarten had geschud begon hij ze uit te delen.

Al na een halve minuut had ik door dat Niels gigantisch vals speelde. Toen hij een ruiten vier opgooide, moest ik zogenaamd tien kaarten pakken.

'Franse regels,' verklaarde hij.

'Mij best,' zei ik, terwijl ik besloot hem terug te pakken met eigen middelen. 'O jee, ik heb een schoppen aas. Nu moet jij vijf beurten overslaan!'

Niels keek beteuterd, maar zijn broertjes lagen compleet in een deuk.

'Da's een goeie, Alice,' vond Maarten.

'Ja, jij bent echt veel leuker dan die vorige,' zei Tim.

'Vorige?' vroeg ik. Waar hadden ze het over?

'Je weet wel, Anniek, zijn vorige vriendin. Die was echt stom,' zei Maarten.

'O?' Julius had me wel ooit verteld dat hij een half-jaar verkering had gehad in zijn eerste studiejaar, maar verder had hij er niks over losgelaten.

'Is zij hier ook geweest?' vroeg ik.

'Ja, maar nu mag ze niet meer komen,' vertelde Niels wijs. 'Want ze was een leugenaarster.'

'Het is leu-ge-naar, sukkel!' riep Maarten.

Op dat moment kwam Julius naar buiten met een grote pan spaghetti. 'Hé jongens, vertel haar niet al mijn geheimen, dat is niet netjes,' plaagde hij, terwijl hij naar me knipoogde.

Hm, misschien moest ik er niet te zwaar aan tillen. Julius had er vast goede redenen voor dat hij nooit over zijn vorige verkering wilde praten. Dus glimlachte ik opgewekt terug en besloot er geen punt van te maken.

Richard droeg de pan met de spaghettisaus naar buiten en iedereen ging aan tafel zitten.

'Kunnen die kaarten weg?' vroeg Lucia streng, en Niels stopte ze vlug terug in het doosje.

'Spelen we straks verder?' vroeg hij.

'Goed, maar dan moeten we het nog wel even over die regels van je hebben,' zei ik.

Niels grijnsde. Zijn lach leek wel een beetje op die van Julius, bedacht ik.

Net toen we allemaal hadden opgeschept, ging de deurbel. Julius stond meteen op en rende naar binnen.

'Daar zal je Caroline hebben,' zei Richard tegen mij. 'Ze is vandaag naar een vriendin in de buurt geweest.'

Ik knikte. Caroline was de enige van de familie die ik eerder had ontmoet. Ze was Julius' zus en even oud als ik. Al bij onze eerste ontmoeting was duidelijk geworden dat ze een heel ander type was dan ik, maar ze leek me op het eerste gezicht wel aardig.

Zodra Caroline de tuin in liep, renden de jongens op haar af om haar te omhelzen. Ze knuffelde hen vrolijk terug, maar haar gezicht betrok zodra ze mij in het oog kreeg.

'Wat doet zij hier?' vroeg ze op kille toon.

Ik schrok van haar boze uitdrukking. Wat had ze opeens tegen me?

Julius keek ook verbaasd. 'Doe effe normaal, Car. Wat is jouw probleem?' zei hij.

'Wat mijn probleem is?' katte Caroline. 'Dat kan je beter aan die trut vragen!' Ze wendde zich tot mij en zette haar handen in haar zij. 'Ik heb je wel gezien hoor, het afgelopen weekend in Sinners!'

Waar had ze het over? Ik had werkelijk geen idee. 'Wat...?' begon ik, maar ze liet me niet uitpraten.

'Probeer het maar niet te ontkennen. Ik heb het zelf gezien!' gilde ze.

De ouders van Julius, zijn oom en tante en de drie neefjes waren inmiddels doodstil en staarden me allemaal aan.

Geschrokken keek ik haar aan. 'Wát heb je dan gezien?' vroeg ik.

Caroline schudde ongelovig haar hoofd en keek naar Julius. 'Ze heeft een ander! Ik heb het zelf gezien! Ze was met een andere jongen aan het dansen en ze vertrokken samen.'

Julius mond zakte open. 'Is dat waar?' vroeg hij aan mij.

'Nee, ik ben niet eens in Amsterdam geweest afgelopen week,' zei ik verward. 'Ik denk dat het een vergissing is. Je hebt vast mijn zus Marieke zien lopen.'

Nu werd Caroline al helemaal woest. 'Vergissing?! Ik ben niet achterlijk, hoor! Jij was het, ik weet het zeker. Sterker nog, ik heb bewijsmateriaal.' Onmiddellijk haalde ze haar iPhone tevoorschijn en demonstreerde een onscherpe foto van een meisje dat inderdaad verdacht veel op mij leek, samen met een jongen.

Ik zag het meteen. Het was Marieke met haar hand op de schouder van een jongen die van de achterkant verdacht veel op Lucas leek. Lucas! Geschokt staarde ik ernaar. Kennelijk had Esther toch gelijk. Wie weet hoelang ze al stiekem een relatie hadden?

'Dat ben ik niet,' stamelde ik, helemaal uit mijn doen. 'Dat is Marieke.'

'Geef hier!' Julius griste de telefoon uit mijn handen en staarde naar de foto. 'Dat ben je wel!' brulde hij plotseling. 'Dat is jouw topje, met die sterretjes erop! Die heeft Marieke niet. Wij hebben hem samen gekocht!'

Opeens zag ik het gebeuren. De blik in zijn ogen veranderde. Weg waren de vrolijke twinkels en het warme bruin leek opeens van keihard staal. Hij keek naar me alsof ik iemand anders was. Niet Alice, niet mezelf.

'Luister nou, ik heb niets gedaan. Ik ben dat écht niet! Dat is Marieke, dat zie je zelf toch ook wel!' riep ik verontwaardigd.

Maar Julius wilde niet luisteren. 'Die wisseltruc komt jullie goed van pas, maar daar trap ik niet in! Ik laat me niet bedriegen. Ga weg! Het is uit, ik wil je nooit meer zien!'

Geschrokken knipperde ik met mijn ogen. 'Maar Juul, wacht nou even! Het is gewoon een misverstand, ik...'

Julius viel me in de rede. 'Wou je soms zeggen dat mijn zus liegt?' Hij keek me strak aan. De woede was van zijn gezicht te lezen.

'Nee,' stamelde ik. 'Ik denk alleen dat Caroline zich vergist. Ik heb je nooit bedrogen! Zo ben ik niet. Dat zou ik nooit doen. Je kent me toch?' Ik hoorde de paniek in mijn eigen stem.

'Blijkbaar niet,' zei Julius ijzig. 'Ik ben helemaal klaar met je. Pak gewoon je spullen en ga lekker naar je andere vriend als je hem zo leuk vindt!'

Hij draaide zich om en stampte in de richting van het huis. 'Pap, breng jij haar naar het station?' Zonder om te kijken liep hij het huis in en knalde de deur dicht. De antieke glas-in-loodramen trilden in hun vensters.

Nu waren alle ogen op mij gericht. Julius' ouders, Caroline, zijn oom en tante en de drie neefjes staarden me aan. De minachting was van hun gezichten te lezen. Het was duidelijk dat niemand me geloofde. Een paar pijnlijke seconden later, waarin ik het liefst onzichtbaar was geworden, besloot Caroline de stilte te doorbreken.

'Gá dan,' siste ze.

Ik keek haar recht aan en besefte dat ik deze discussie nooit zou winnen. Ik had deze mensen niets meer te zeggen. Klungelig stond ik op van de tafel en liep het huis in, de lange trap op naar de logeerkamer die de komende twee weken de mijne zou zijn geweest. Even bleef ik met de deurknop in mijn hand staan om op adem te komen. Toen begon ik haastig mijn spullen in mijn koffer te proppen, terwijl ik mijn best deed om mijn tranen te bedwingen. Waarom geloofde Julius me niet? Terwijl ik mijn koffer dicht ritste, schaafde ik mijn hand tegen de muur. Ik ving een glimp van mezelf op in de spiegel. Een verwilderde Alice met rode ogen keek terug. Deze versie van mij kende ik nog niet.

Waar was ik mee bezig? Ik moest Julius uitleggen hoe het zat! Dit was allemaal één groot misverstand! Ik hield toch van hem? En hij van mij? Net toen ik had besloten Julius te gaan zoeken in dit enorme landhuis om erover te praten, hoorde ik stemmen in de hal. De stemmen van Julius en Caroline.

'Je had gelijk over haar, Car. Ik had beter moeten weten,' hoorde ik Julius zeggen.

'Vergeet die trut maar snel,' antwoordde Caroline. 'Ze is het niet waard.'

Mijn hart stak pijnlijk en ik had opeens moeite met slikken. Er ontsnapte een snikkend geluid uit mijn mond. Even liet ik me op de grond zakken en ik bedekte mijn oren om verder niets meer te horen. Na een tijdje, toen mijn beenspieren pijnlijk aanvoelden van de rare houding waarin ik had gezeten, scheurde ik een blaadje uit mijn tot dan toe onbeschreven reisdagboekje en begon te schrijven.

Dag Julius,
Je hebt gelijk: je kent me helemaal niet! Als je niet eens naar me wilt luisteren en me vals beschuldigt, weet ik ook niet wie jij bent. Ik heb je niet bedrogen. Maar als jij me niet wilt geloven, ben ik inderdaad beter af zonder jou.
Alice

Met trillende handen legde ik het briefje op zijn hoofdkussen. Ik ging op het bed zitten en haalde diep adem. Deze wending had ik niet zien aankomen. Na een tijdje deed ik de deur voorzichtig open en gluurde of ik iemand zag. Niemand. De kust was veilig. Toen pakte ik mijn koffer en tilde hem voorzichtig over de drempel. Weg hier, zo snel mogelijk! Ik sloop de trap af, hoewel dat met mijn zware bagage nog niet meeviel.

Zodra ik beneden kwam en de buitendeur opende, piepten de scharnieren. Ik hield mijn adem in om te luisteren, maar het bleef stil in huis. Ik sleepte mijn koffer over de drempel. De deur viel met een harde klap dicht, maar ik keek niet achterom. Ik begon te lopen. De wieltjes bewogen moeizaam over het grind van de grote oprijlaan, maar ik ging verder. Met elke stap die ik zette, raakte ik Julius iets meer kwijt. Terwijl hete tranen over mijn wangen rolden, liep ik zijn leven uit.

'Eikel. Rotzak. Loser.' De woorden kwamen als vanzelf, terwijl de tranen over mijn wangen stroomden. Ik was nog nooit in mijn leven zo boos op iemand geweest. En ik had me ook nog nooit zo in iemand vergist. Julius stikte er maar in, met z'n rijke familie, chique landhuis en zijn stomme beschuldigingen. Ik hoefde geen rotzak als vriendje. Dan was ik liever alleen.

Stamp, stamp, stamp. Zo snel als ik kon, liep ik verder, terwijl ik mijn loodzware koffer achter me aan trok. Twee kilometer, drie blaren en een heleboel tranen later, begon het opeens keihard te regenen. Natuurlijk, dat kon er ook nog wel bij!

LA GARE 3 KILOMÈTRE, las ik op een wegwijzer, maar ik liep vastberaden door. Ik wilde naar huis.

In de verte hoorde ik het geluid van een auto die dichterbij kwam. Heel even voelde ik een sprankje hoop. Was dat Julius, die besefte dat hij het mis had en me kwam halen? Maar nee, het was Julius niet, het was zijn vader. Hij ging langzamer rijden en liet het raampje van zijn glimmende Jaguar zakken. 'Stap in,' zei hij. 'Ik zet je wel even af.'

'Nee bedankt,' zei ik kattig.

'Doe het nou maar. Je bent doorweekt,' zei hij.

Ik bleef stilstaan en keek hem aan. 'Ik heb Julius niet bedrogen,' zei ik, alsof dat nog wat uitmaakte.

Even was alleen het geluid van de regen op het wegdek te horen, vermengd met de ronkende motor.

'Daar komt hij dan nog wel achter,' zei zijn vader zacht.

Ik zuchtte diep. Uiteindelijk gaf ik me gewonnen en stapte in, met modderschoenen en al. Jammer dan van die dure, exclusieve bekleding. De reis verliep zwijgend en ik bleef strak voor me uit kijken, ook al wist ik dat Julius' vader me af en toe twijfelend opnam. Ik was opgelucht toen hij de auto bij het station parkeerde.

'Bedankt,' zei ik, terwijl ik uitstapte en mijn koffer pakte.

Richard knikte. 'Doe voorzichtig.'

Ik knikte terug. Misschien had Julius zijn botheid niet van zijn vader geërfd. 'Tot ziens,' zei ik. Met die woorden draaide ik me om en liep het station binnen.

Ik keek om me heen en checkte het bord met reisinformatie. De eerstvolgende trein naar Parijs zou pas over twee uur vertrekken. Daar stond ik dan, hele-maal alleen, doodmoe, verregend en verdrietig op een verlaten station in Frankrijk. De zomervakantie was nu officieel in het water gevallen.

Ik sleepte mijn koffer naar een bankje, haalde een vestje uit mijn koffer en trok het aan in een poging het wat warmer te krijgen. Wat moest ik nu beginnen? Net toen ik me afvroeg of ik Esther zou bellen om me te komen redden, hoorde ik mijn telefoon piepen. Een sms'je. Julius misschien? Maar nee, het was Lizzie, mijn favoriete collega van *Fame*, het tijdschrift waar-voor ik freelancete.

> HEY ALICE! HEB JE TIJD VOOR EEN
> SPOEDKLUS IN LONDEN? BEL ME! X

Marieke

LIEVE ESTHER, PLEASE BEL ME.
HET SPIJT ME VRESELIJK. WIL
ALLES DOEN OM HET GOED TE MAKEN.
MIS JE! LFS MARIEKE

Ik zuchtte en staarde minutenlang naar mijn telefoon, zonder dat er iets gebeurde. Het getik van de
wekker op mijn nachtkastje verstoorde de verstik-
kende, afwachtende stilte die in mijn kamer hing.
Mijn mobieltje lag daar maar, roerloos. Er klonk geen
enkele trilling of piepje. Esther reageerde niet. Nergens op.

Sinds onze ruzie had ze elke vorm van contact ont-
weken. En terecht. Ik begreep volkomen dat ze ontzettend boos en verdrietig was. Me misschien zelfs
wel háátte. Bij die gedachte sprongen er nieuwe tranen in mijn ogen. Hoe konden wij nou ruzie hebben?
Wij hadden nooit ruzie. En nu had ik Esther al dagenlang niet gesproken. Omdat ik iets verschrikkelijks
had gedaan.

Een ironisch lachje ontsnapte uit mijn keel. Als Esther me echt haatte, was ze in elk geval niet de enige.
Er was niemand op deze aardbol die een grotere hekel
aan mij had dan ikzelf. Hoe had ik Lucas ooit kunnen
zoenen? Wat had me bezield? Hoe had ik mijn eigen

zus dit kunnen aandoen? En dan die arme Lucas. Die was vast zo in shock dat hij niet wist wat hem overkwam. Ik was daar als een wervelwind naar binnengestormd en had alles verwoest. Kapotgemaakt. En ik betwijfelde of de brokstukken ooit nog te lijmen waren. Of Esther me dit ooit nog kon vergeven.

Het was duidelijk. Ik was een vreselijk, afschuwelijk mens. Een egoïstische bitch die het vriendje van haar bloedeigen zus had gezoend. Dit was onvergeeflijk. Hoe kon ik eigenlijk ook verwachten dat Esther de telefoon opnam of op mijn brieven, mailtjes of sms'jes reageerde? Dat had ik helemaal niet verdiend.

En ik had niet alleen Esther en Lucas pijn gedaan. Nee, ik had Alice' vakantie ook volledig verpest, terwijl zij hier helemaal niets mee te maken had. Hoe kreeg ik het voor elkaar! In vijf minuten tijd had ik de mensen waar ik het meest om gaf gekwetst. Maar ik had het recht niet om hier in mijn kamer vol zelfmedelijden te gaan zitten huilen. Ik was de boosdoener. Het was allemaal mijn schuld. Ik moest iets verzinnen om het goed te maken. Dat moest. Want ik kon niet zonder Alice en Esther. Zonder hen was ik niet compleet. Maar ik had geen idee wat ik moest doen.

Doelloos slenterde ik door de stad. We hadden nu allang in Spanje moeten zijn, liggend aan een turquoise, door palmbomen omringd zwembad met een ijskoud colaatje en een mooi boek binnen handbereik. Genietend van een zorgeloze vakantie, met z'n drietjes. Maar door mijn schuld ging dat allemaal niet door.

'Mijn schuld,' mompelde ik tegen mijn reflectie in een etalage.

'Jouw schuld,' echode mijn spiegelbeeld, waarin ik even leek samen te smelten met Esther en Alice. 'Het is allemaal jouw schuld.'

'Marieke!' Ik schrok op van een hand op mijn schouder. Laila stond achter me en keek me bezorgd aan. 'Wat ben je aan het doen?'

'Tegen mijn spiegelbeeld aan het praten,' antwoordde ik. 'Ik weet het, ik ben niet helemaal lekker.'

'Dat valt wel mee,' zei Laila. 'Iedereen doet wel eens rare dingen.'

'O ja?' vroeg ik. 'Ken je nog meer gemeneriken die zoenen met het vriendje van hun zus?'

Laila keek me zwijgend aan. 'Nee,' zei ze uiteindelijk. 'Maar je kunt niet voor eeuwig kwaad op jezelf blijven. Iedereen maakt wel eens een fout.'

'Esther wil niet meer met me praten. En Alice is ook boos op me. Dat zegt ze wel niet zo letterlijk, maar dat weet ik gewoon. Wat ik heb gedaan is ook verschrikkelijk.' Ik zuchtte en keek naar de grond. 'Ik heb geen idee wat ik nu moet doen.'

Ze pakte mijn hand en trok me mee. 'In elk geval heeft het geen zin om je spiegelbeeld uit te schelden. Kom, we verzinnen wel iets.'

Ik zuchtte en liet me gewillig meetrekken. Wat een geluk dat ik Laila had.

'Hier.' We zaten samen op het balkon van Laila's studentenkamer met een grote koektrommel tussen ons in en ze overhandigde me een vel papier. OPERATIE VERGEET LUCAS stond erboven geschreven. 'Kijk,' zei

Laila. 'Als je Lucas uit je hoofd kunt zetten, ben je al een heel stuk verder. Hoe moet het ooit weer goed komen tussen jou en je zussen als je nog gevoelens voor hem hebt?'

Ik knikte langzaam. Daar had ze een punt. Elke keer als ik naar huis zou gaan, zou ik Esther en Lucas samen zien. En zij mij. Ik wilde dat alles weer zou worden zoals het vroeger was. Gewoon, gezellig. Zonder spanning, boosheid of jaloezie. En dat zou alleen maar lukken als ik Lucas weer kon zien als Esthers vriend, en niet als de allerallerallerleukste jongen aller tijden.

'Oké,' zei ik. 'Ik moet Lucas vergeten. Maar hoe doe ik dat? Daar heb ik de afgelopen maanden al ontzettend mijn best voor gedaan. Zo erg, dat ik zelf in de ontkenningsfase zat.'

'Begin maar met al zijn nadelen op te schrijven,' zei Laila kordaat, terwijl ze een pen in mijn handen duwde. 'Als je al zijn minpunten op een rijtje zet, wordt-ie vanzelf minder leuk.'

'Misschien,' mompelde ik, terwijl ik koortsachtig nadacht over minder leuke eigenschappen van Lucas. Eigenlijk kende ik hem helemaal niet zo goed. Ik ging alleen in de weekenden naar huis en dan nog zag ik hem alleen als Esther thuis met hem had afgesproken. Dan keken we wel eens samen een film of praatten we gewoon wat. Maar ik kende hem vooral uit de verhalen van Esther. En die mochten er zijn. Hij maakte haar zo gelukkig. Ze vulden elkaar zo goed aan. Esther had nooit iets negatiefs over Lucas gezegd. Nooit. Hoe moest ik dan nu iets verzinnen?

Een halfuur later had ik drie negatieve dingen over hem bedacht:

1. *Hij is al bezet*
2. *Door Esther*
3. *Hij woont niet in Amsterdam*

De eerste twee punten waren overduidelijk de grootste nadelen en ook meteen de kern van mijn probleem. Punt 3 had ik alleen maar opgeschreven omdat dat moest van Laila, maar eigenlijk was ik het er niet mee eens. Als je echt verliefd was, maakte het niet uit waar je geliefde woonde, vond ik.

Terwijl Laila naar de wc was, besloot ik ook een lijstje met pluspunten van Lucas te maken. Dat was een stuk gemakkelijker.

1. *Hij is de allerknapste jongen die ik ken*
2. *Hij heeft de allerliefste lach*
3. *De mooiste ogen*
4. *Is grappig*
5. *Lief*
6. *Attent*
7. *Heeft inhoud*
8. *Is romantisch*
9. *Hij kan dansen*
10. *Hij houdt van romantische komedies*
11. *Hij lust brood met chocoladepasta als ontbijt*
12. *Hij snurkt niet*
13. *Hij draagt Converse-gympen*
14. *Hij ziet het altijd als ik een nieuw haarbandje heb*
15. *Hij...*

'Stop maar!' riep Laila plotseling en ze griste de pen uit mijn hand. 'Laten we het maar bij de nadelen houden.'

Ik zuchtte en keek naar de lijstjes. Hoe knap, lief en attent Lucas ook was, de eerste twee punten op het nadelenlijstje waren meer dan genoeg. Het mocht gewoon niet zo zijn. Esther had Lucas eerder ontmoet dan ik en ze was – heel begrijpelijk – verliefd op hem geworden. En hij op haar. Misschien, heel misschien, zou het anders zijn gelopen als ik hem eerder was tegengekomen. Maar het had geen zin om daarover na te denken, want Esther had hem simpelweg eerder ontmoet. En trouwens, misschien zou Lucas mij wel helemaal niet leuk hebben gevonden. Hoe veel Esther en ik uiterlijk gezien ook op elkaar leken, zij was Esther en ik was Marieke. Ondanks onze grote gelijkenis waren er nog genoeg verschillen die ons uniek maakten en de reden vormden waarom hij verliefd was op haar en niet op mij. Hoe dan ook, hij hoorde bij Esther en ik had van hem af moeten blijven.

'Je hebt gelijk, die twee minpunten zeggen alles,' zei ik. 'Nou, kom maar op. Hoe moet ik hem vergeten?'

'Door verliefd te worden op iemand anders,' zei Laila. Ze maakte een wegwerpgebaar met haar hand, alsof ik mijn gevoelens voor Lucas kon lostrekken als een taai stuk vastgekoekte kauwgum en ze simpelweg in de prullenbak kon gooien om ruimte te maken voor iemand anders.

'Zo gemakkelijk is dat niet,' zei ik. 'Anders was dat ook wel gelukt met Michael. Ik vond hem echt hartstikke leuk en aardig. Maar toch werd ik niet echt verliefd op hem.'

'Maar misschien lukt het wel met iemand anders,' zei Laila. 'Kom, we gaan de stad in. Je hebt een nieuwe outfit nodig. Vanavond is er een singles party in de stad. En daar gaan wij naartoe!'

Ik staarde even naar mijn zwijgende telefoon en haalde toen mijn schouders op. Ook al had ik helemaal geen zin om nu uit te gaan, ik wilde alles, maar dan ook alles proberen om het weer goed te maken met Esther. Al moest ik daarvoor daten met een gigantische rij lelijkerds of sukkels, ik wilde alles doen om Lucas te vergeten. Want hoe gek ik ook op hem was, mijn zussen stonden op nummer één.

'Is hij niet wat?' Laila stootte me aan en wees onopvallend naar een lange blonde jongen die achter ons stond met een groep vrienden. We waren al een paar uur op de singles party en Laila had me zo ongeveer aan alle jongens geprobeerd te koppelen die zich ook maar in onze buurt durfden te vertonen. 'Hij ziet er best leuk uit.'

Ondanks alles moest ik lachen. 'Laila, wat je ook doet, begin alsjeblieft nooit een reclamebureau. "Best leuk" klinkt niet echt overtuigend.'

'Oké, oké,' zei ze, nu zelf ook lachend. 'Die jongen bij de bar dan misschien? Hij is in elk geval knap.'

Ik veranderde al dansend van plek om hem te kunnen bekijken zonder dat het opviel. Het was inderdaad een leuke jongen, hij had een vriendelijke uitstraling en een vrolijke lach. Maar toen zijn ogen de mijne kruisten, voelde ik helemaal niets. Weer schoot ik in de lach. 'Nou, neem jij hem dan maar.'

'Marieke! Je bent niet echt behulpzaam!' riep Laila

uit en ze stak theatraal haar handen in de lucht om aan te geven dat ze wanhopig van me werd.

'Ja sorry, ik weet het,' zei ik. 'Maar zo snel word ik nou ook weer niet verliefd op iemand anders. Ik kan niet met mijn vingers knippen als een soort Mary Poppins en in drie tellen een grote schoonmaak in mijn binnenste houden.'

Laila knikte. 'Laten we dan maar gewoon dansen en samen lol maken. Dan denk je in elk geval even ergens anders aan.'

Ze proostte haar glas met een knalblauw mixdrankje erin tegen het mijne. 'Alles komt goed,' zei ze. 'Op de liefde!'

Ik hield mijn colaglas ook omhoog en wenste vurig dat ze gelijk had.

Rond één uur hielden Laila en ik het voor gezien. Ze had zelf haar e-mailadres aan de barjongen gegeven en had daarvoor wel honderd keer sorry gezegd. 'Gaan we uit om voor jou een jongen te scoren en dan kom ik juist iemand tegen,' zei ze enigszins beschaamd.

'Dat geeft niet, ik ben blij voor je,' zei ik oprecht. Dat ik zo stom was om verliefd te worden op de minst beschikbare jongen van deze hele planeet, wilde nog niet zeggen dat zij ook ongelukkig moest zijn in de liefde.

'We spreken elkaar morgen wel weer!' zei Laila geeuwend en ze zwaaide ten afscheid. Langzaam fietste ik de donkere nacht in. Het was een heldere zomernacht en toen ik naar boven keek fonkelden er duizenden schitterende sterren in de lucht. Toen ik mijn fiets voor mijn studentenhuis wilde parkeren, schrok ik op van een donkere gestalte in het portiek. Wie zat daar? Snel deed ik een pas achteruit. Maar toen herkende ik hem. Lucas. Hij zat daar echt, voor mijn deur. En zo te zien zat hij daar al een hele tijd. Mijn hartslag versnelde.

'Hoi,' zei hij, terwijl hij opstond en naar me toe liep.

'Hoi,' antwoordde ik aarzelend, terwijl ik me vastgreep aan mijn fiets en hem nog eens goed bekeek om mezelf ervan te verzekeren dat ik dit niet droomde. Een wanhopig gevoel maakte zich van me meester. Ik wilde hem vergeten, maar nu hij hier voor me stond wilde ik het liefst in zijn armen springen.

'We moeten praten,' zei Lucas met een ernstige blik in zijn mooie ogen. 'Mag ik binnenkomen?'

Ik knikte. Het was al laat. Hoelang had hij hier wel niet gezeten? Na wat ik had aangericht, kon ik hem moeilijk midden in de nacht weer naar huis sturen. Met trillende vingers wrikte ik mijn sleutel in het slot en hield de deur voor hem open. 'Je weet de weg,' zei ik zachtjes.

In mijn kamer stonden we onwennig naar elkaar te kijken. Na onze kus leek het alsof we opeens vreemden voor elkaar waren. Opnieuw trof het me hoe knap hij was. Hoe leuk en hoe lief. Ik beet op mijn lip om mijn gedachten te onderbreken. Dat mocht ik allemaal niet denken. Niet, niet, niet. Hij hoorde bij Esther. Hij hoorde hier helemaal niet te zijn.

'Lucas,' zei ik uiteindelijk. 'Het spijt me.'

'Mij ook,' antwoordde hij.

'Ik...' Mijn stem trilde te erg om mijn zin af te maken.

'Sst, rustig maar.' Opeens was hij dichtbij en sloeg hij zijn armen om me heen. 'Morgen praten we, oké?'

Het duizelde me. Ik wilde hem vergeten. Moest hem vergeten. Maar nu stond hij ineens in mijn kamer en zijn armen om me heen voelden zo vertrouwd dat ik niet anders kon dan hem stevig vasthouden. Maar het was een verboden aanraking.

'Oké,' fluisterde ik, terwijl ik een traan wegveegde. Maar het duurde nog een hele tijd voor ik me uit zijn bitterzoete omhelzing kon losrukken om mijn logeer-matrasje voor hem klaar te leggen.

Esther

Zijn ogen.
Zijn lach.
Zijn stem.
Zijn hand in de mijne.
Lucas.
Ik wist niet dat ik zo kon verlangen, zo kon missen. Ik verloor mijn mobieltje geen seconde uit het oog, in de hoop dat hij zou bellen. Maar hij belde niet. Waarom belde hij me niet? Ik had Lucas, sinds we verkering hadden, nooit langer dan enkele uren niet gesproken. Ik verlangde er zo naar om zijn stem te horen dat ik al honderd keer op het punt had gestaan om hem te bellen. Maar telkens bleef mijn wijsvinger toch boven het knopje 'bellen' zweven. Ik was bang voor wat hij zou zeggen. Wat als hij inmiddels tot de conclusie gekomen was dat hij liever bij Marieke wilde zijn dan bij mij?

Toch ging mijn mobieltje voortdurend. Het was Marieke, die me onvermoeibaar probeerde te bellen sinds het moment dat ze mijn kamer uit was gelopen. Ik drukte haar weg zodra haar naam op het display verscheen. Ook Mariekes sms'jes probeerde ik te negeren. Wat dacht ze wel, dat alles vergeven en vergeten was omdat ze inmiddels vijftig keer "het spijt me" naar me had gesms't? Nou, dat dacht ze dan verkeerd!

'Esther? Gaat het?'

Ik schrok op uit mijn gedachten toen Laura haar hand op mijn schouder legde. Laura was een vriendin van de middelbare school. Sinds we geslaagd waren en studeerden zag ik haar niet zo vaak meer, maar ze was de enige die ik kende die in Amsterdam woonde. Behalve Marieke dan. Gelukkig vond ze het meteen goed toen ik haar gebeld had om te vragen of ik bij haar mocht logeren. Ik had haar verteld dat ik een paar dagen Amsterdam in wilde, om te shoppen en musea te bezoeken. Ik kon moeilijk de hele dag op haar lip zitten, zo groot was haar kamer niet. Bovendien kon ik Laura niet vertellen dat ik mijn eigen zus ging bespioneren. Dan moest ik haar ook uitleggen wat er was gebeurd en dat kon ik niet. Dan zou ik gaan huilen, zoals ik eindeloos had gehuild de afgelopen dagen, en dat wilde ik niet meer. De tijd van tranen was voorbij, nu was het tijd voor actie! Ik moest Lucas ervan overtuigen dat ik de ware voor hem was.

'Het gaat prima,' zei ik tegen Laura en ik probeerde opgewekt te klinken, al zag ik dat ze onderzoekend naar me keek. Erg sprankelend zou ik er vast niet uitzien na dagen non-stop huilen. Ik moest snel weg, voordat ze nog meer vragen ging stellen.

'Nogmaals bedankt dat ik hier mag logeren! Tot straks, ik ga Amsterdam onveilig maken.'

'Ik wil je wel een rondleiding geven,' zei een jongensstem.

Ik draaide me om. Een lange jongen stond in de deuropening van Laura's kamer. Hij had donker haar, net als Lucas, en hij droeg een grijze trui die verdacht veel op de lievelingstrui van Lucas leek. Ik knipperde met mijn ogen. Zelfs de gedachte aan Lucas' trui deed pijn. Ik was duidelijk overspannen, wie huilde er nou om een trui?

Gelukkig leek de jongen niet in de gaten te hebben dat er een *emotional breakdown* dreigde. Hij stak zijn hand uit. 'Ik ben Jonathan, Laura's favoriete huisgenoot,' zei hij, met een knipoog naar Laura.

Laura gaf hem een stomp. 'Nee hoor, dat denkt hij maar. Dit is trouwens Esther, een vriendinnetje van de middelbare school.'

'Leuk,' zei Jonathan. Hij lachte naar me. 'En je logeert hier? Mag ik vragen of je nog single bent?'

'Doe normaal, man,' zei Laura, 'ze heeft een vriend. En wat voor eentje! Wat een hunk, Esther, ik heb foto's van hem gezien op je Hyves.'

'Jammer,' zei Jonathan. 'Als het ooit uitgaat, geef je me dan een seintje?'

Ik staarde hem aan. Bij nader inzien bleek hij toch niet zo erg op Lucas te lijken als ik dacht. Zijn ogen waren blauw, terwijl Lucas' ogen prachtig donkerbruin waren, en zijn gebit kon niet aan dat van Lucas tippen. Hoe kon het ook anders, Lucas was gewoon perfect. Ik wilde helemaal geen andere jongen, ik had al de leukste jongen van de wereld! Tenminste, als hij mij nog wilde... En dat moest ik nu gaan uitvinden.

'Ik moet gaan,' zei ik haastig, en ik liep Laura's kamer uit. 'Ik heb een eetafspraak. Tot straks!'

Even later trok ik deur achter me dicht en stond meteen in de drukte van de Amsterdamse binnenstad. Ik haalde diep adem. Wat nu? Ik moest weten of Lucas bij Marieke was. Wie weet was hij na onze telefonische ruzie wel meteen naar Amsterdam gesneld om bij Marieke te logeren! Dat was hem de vorige keer ten slotte ook erg goed bevallen, toen ik daar met mijn naïeve hoofd nog niets achter zocht.

Mijn voeten liepen als vanzelf naar Mariekes straat, maar ik kon niet zomaar langs haar huis lopen. Wat als Marieke me zag vanuit haar raam? Ze zou vast denken dat ik naar Amsterdam was gekomen om het goed te maken, om te zeggen dat alles oké was. Maar het was niet oké. Ik was hier niet om het goed te maken, ik was hier om mijn vriendje terug te halen.

Ik keek om me heen. Schuin tegenover het studentenhuis waar Marieke woonde zat een café. Als ik daar ging zitten met een boek en een kop thee, moest het vast lukken om onopvallend de overkant in de gaten te houden. Ik ging naar binnen en koos een tafeltje bij het raam. Perfect! Ik had niet alleen uitzicht op het raam van Mariekes kamer, maar ook op de voordeur. Als Lucas echt bij Marieke was, zou ik hem ongetwijfeld naar buiten zien komen. Ik bestelde iets te drinken en een kop soep, pakte een boek zodat het zou lijken of ik las, en staarde naar buiten.

Er was niets te zien. De gordijnen van Mariekes kamer onttrokken alles wat daarbinnen gebeurde aan het zicht en achter de andere ramen zag ik ook geen enkele beweging. Ik zuchtte en keek nog eens op het beschadigde display van mijn telefoon. Weer drie berichtjes, allemaal van Marieke. Nog steeds niets van Lucas. Waarom liet hij niets van zich horen? Begreep hij dan niet dat ik gek werd van onzekerheid door deze lange stilte? Ik haalde diep adem. Ik wilde niet huilen midden in dit café. Bovendien deed het pijn. Ik had de laatste dagen zo veel gehuild dat mijn ogen rood waren, mijn keel zat dicht en ergens diep vanbinnen deed het pijn als ik ademhaalde. Was dit wat liefdesverdriet met je deed? Ik voelde me leeg en uitgeput, een schaduw van mezelf. Eigenlijk kon ik nog steeds niet helemaal geloven wat er was gebeurd. Marieke, Alice en ik hadden nu zorgeloos op een tropisch palmenstrand moeten liggen, met een cocktail en een stapel boeken. In plaats daarvan zat ik in mijn eentje in het café tegenover Mariekes huis, alsof ze een vreemde was die ik niet kende.

Voor de zoveelste keer overwoog ik onze ouders te bellen, die op de Canarische Eilanden waren. Ze wisten niet wat er aan de hand was. Ik had hun niets laten weten en ik ging ervan uit dat Marieke en Alice dat ook niet hadden gedaan, want anders zouden ze vast allang gebeld hebben. Als ze het wisten, zouden ze zich er zeker mee gaan bemoeien om te zorgen dat Marieke en ik alles zouden uitpraten. Maar dit was te groot om uit te praten. Toch zou ik er veel voor over hebben om even met mijn moeder te praten. Was er maar iemand die zei dat alles goed zou komen. Maar ik kon mijn moeder niet bellen. Ze zou meteen horen dat er iets aan de hand was en dan zou hun hele vakantie bedorven zijn.

Alice kon ik wel bellen. Ook al vond ik het stom dat ze niet meteen ronduit gezegd had dat Marieke fout bezig was, ik wilde haar stem horen. Misschien had Alice het niet zo bedoeld. Zij was vast ook overvallen door wat er was gebeurd en ik snapte wel dat ze heel teleurgesteld was over de vakantie die niet doorging. We waren gewoon allebei overstuur geweest op dat moment, maar nu zou ze natuurlijk wel mijn kant kiezen.

Ik toetste Alice' nummer in, maar ik werd meteen doorgeschakeld naar haar voicemail. 'Hallo! Dit is de voicemail van Alice. Op dit moment ben ik op vakantie in La France. Spreek iets in na de piep, dan bel ik je terug. Au revoir!'

Wat? Was Alice op vakantie in Frankrijk? Waarom had ze me dat niet laten weten? Of had ze dat wel gedaan? Ik had de laatste tijd zo veel berichten van Marieke ontvangen die ik toch niet wilde lezen dat ik een sms'je van Alice misschien over het hoofd had gezien. Hoe was ze nou weer in Frankrijk terechtgekomen? Vaag herinnerde ik me dat de ouders van Julius een vakantiehuisje hadden in Saint Tropez. Dus Alice lag nu aan het zwembad met haar vriendje. Terwijl ik helemaal alleen in dit café zat en Marieke op slechts enkele meters afstand misschien wel met mijn vriendje aan het zoenen was. De gedachte aan Marieke in Lucas' armen maakte me opnieuw verdrietig en kwaad tegelijk. Ik schudde mijn hoofd om het beeld te verjagen, maar het lukte niet. Zouden zijn armen om haar middel nu voor altijd op mijn netvlies staan?

Ik was zo verzonken geweest in mijn gedachten dat ik vergeten was iets in te spreken na de piep. Ik hoopte dat ze zou zien dat ik haar gebeld had en me terug zou bellen.

Het uur erna hield ik hoopvol zowel Mariekes voordeur als mijn mobieltje in de gaten, maar aan de overkant viel nog steeds geen enkel teken van leven te bespeuren en Alice belde niet terug. Lucas hulde zich ook nog steeds in stilte en zelfs Marieke had me het afgelopen uur geen nieuw berichtje meer gestuurd. Wat betekende dat? Was het een slecht teken? Betekende dat dat ze het zo leuk had met Lucas dat ze geen seconde meer aan mij dacht?

Ik zuchtte. Het duurde al wel erg lang nu. Misschien was Marieke niet eens thuis. Misschien was ze wel met Lucas op stap en beleefden ze nu samen het avontuur waar hij zo naar verlangd had. Ik werd kwaad op mezelf. Marieke en Lucas waren nu waarschijnlijk aan het feesten op een of ander vipfeestje waar Marieke op haar eigen wijze weer eens toegang tot had, terwijl ik wortel had geschoten in dit saaie café, waar bovendien gerookt werd ondanks het rookverbod. Misschien moest ik maar teruggaan naar Laura. Ik kon hier toch moeilijk nog urenlang blijven zitten? Maar toen er een ober langskwam, bestelde ik toch nog maar een kop thee. Ik moest weten of Lucas bij Marieke was! Verbeten schoof ik mijn stoel nog wat dichter bij het tafeltje. Ik was een volhouder. Al moest ik hier een hele week zitten, Lucas was mijn vriendje en ik zou hem terugkrijgen. *No matter what*!

Drie glazen cola later gebeurde er eindelijk iets aan de overkant. Er stond iemand voor Mariekes deur. Gealarmeerd kwam ik overeind in mijn stoel – en mijn hart stond stil. Ook al was het inmiddels gaan schemeren, ik herkende zijn silhouet, zijn lichaamshouding en zijn blauwe jas uit duizenden. Hij belde aan en wachtte, maar er gebeurde niets. Hij keek met zijn handen in zijn zakken om zich heen en zijn blik gleed over de gebouwen aan de overkant. Heel even dacht ik dat hij me zag zitten, maar toen draaide hij zich om en ging op het trapje voor de voordeur zitten.

Een paar tellen zat ik als bevroren op mijn stoel. Het was dus echt waar. Lucas was naar Amsterdam gegaan 'om te ontdekken wat hij voor Marieke voelde'. Tranen brandden in mijn ogen. Ook al had ik bijna zeker geweten dat hij naar Marieke zou gaan, nu ik hem hier voor haar deur zag zitten besefte ik pas hoe bang ik was. Hij had de waarheid gesproken. Marieke was geen bevlieging. Hij vond haar zo leuk dat hij speciaal voor haar naar Amsterdam was gekomen en nu zat hij daar op haar stoep, alsof dat de gewoonste zaak van de wereld was.

Ik verschool me achter mijn boek en staarde naar hem. Een hele tijd. Het was allang donker toen Marieke eindelijk thuiskwam en ze samen naar binnen gingen. Ongelovig staarde ik naar de dichtgeslagen deur en zag ik licht aangaan op Mariekes kamer. Ze waren daar nu gezellig met z'n tweetjes. Was Lucas me nu al vergeten? Het leek net alsof onze verkering niets had voorgesteld. Mijn maag trok zich samen van verdriet. Hoe kon Marieke me dit aandoen? Dacht ze soms dat Lucas mij zomaar zou inruilen voor haar?

Mijn woede gaf me kracht. Ik kwam overeind, rekende af en stormde het café uit, de straat uit. Ik wilde niet weten wat er achter die ramen gebeurde. Had ik hiervoor uren op de uitkijk gezeten? Om erachter te komen dat ze nu al stiekem afspraken met z'n tweetjes? Hoe kon Marieke Lucas hier uitnodigen alsof hij haar vriendje was? Hoe kon ze?

Radeloos toetste ik nog een keer het telefoonnummer van Alice in. Ik moest met haar praten. Maar Alice nam alweer niet op. Ze was nu natuurlijk diep in slaap, veilig in Julius' armen. Ik stond in een van de drukste straten van Amsterdam, maar ik had me nog nooit zo alleen gevoeld.

'Oké,' zei Laura, toen ik in een waas van tranen terugkwam op haar kamer. 'Nu vertel je me eindelijk wat er aan de hand is. Ik heb heus wel in de gaten dat er iets goed mis is.' Ze duwde me op de versleten bank in haar huiskamer en schonk een glas wijn voor me in. 'Vertel.'

Ik lustte geen wijn, maar ik voelde me zo rot dat dat me even niets kon schelen. Ik pakte het glas van Laura aan en nam een grote slok. Gatver.

'Ik weet het, hij is nogal zoet,' zei Laura. 'Maar het helpt wel als je je rot voelt.' Ze keek me afwachtend aan.

'Lucas... hij heeft een ander.' Mijn handen trilden. Haastig zette ik het glas weg.

Laura sloeg haar benen over elkaar. 'Is hij in Amsterdam? Ben je daarom hier?'

Ik knikte. 'Ik moest weten of hij bij haar was.'

'En dat was hij dus.'

'Ja.'

Laura kwam naast me zitten. 'Klote voor je,' zei ze, en ze sloeg haar arm om me heen.

'Ik weet niet hoe het nu verder moet,' zei ik. 'Ik kan hem niet missen.'

'Zou je hem dan nog terug willen? Hij heeft je bedrogen!' zei Laura fel.

En je weet niet eens met wie, dacht ik somber. Ik kon het haar niet vertellen. Op de een of andere manier voelde dat toch als een soort verraad tegenover Marieke, ook al had Marieke mij zelf ook verraden.

'Hij is verliefd op een ander,' zei ik toonloos. 'Dat denkt hij tenminste. Maar ik weet dat ze totaal niet bij elkaar passen. Hij vindt haar spannend en avontuurlijk, en mij voorspelbaar en saai. Maar uiteindelijk zal hij inzien dat hij bij mij hoort. Dat kan niet anders. Op een dag...'

Laura schudde me door elkaar. 'Op een dag? Je gaat toch niet zomaar zitten afwachten tot hij weer bij zinnen komt! Esther, als je echt zo verliefd bent op die jongen, dan moet je het hier niet bij laten zitten! Laat hem dan niet wegkapen door zo'n bitch! Steel hem terug. *Girlpower*!'

Ik glimlachte door mijn tranen heen. 'Dat was ook mijn bedoeling, maar ik zag ze net samen en... en ze hadden alleen maar oog voor elkaar. Hij is helemaal hoteldebotel van dat andere meisje.'

Laura keek me peinzend aan. 'Maar hij was eerst verliefd op jou. En jij bent zeker weten toch honderd keer mooier.'

Ik verslikte me bijna. 'Was het maar waar! Nee, het probleem is juist dat ze heel erg op me lijkt. Ze heeft alleen een andere haarkleur. En eh... spannender kleren.'

Had ik te veel gezegd? Snapte Laura inmiddels dat ik het over een van mijn zussen had?

'Nou, dat is dan toch heel simpel,' zei Laura. 'Dan ga je morgen naar de kapper en naar de Kalverstraat. En dan loop jij overmorgen weer met je eigen Lucas door Amsterdam.' Dat klonk goed. Dat was precies wat ik wilde. En was het niet precies wat ik zelf ook had gedacht?

Laura schonk me nog een glas wijn in en toen ik dat

leeggedronken had, voelde ik me een beetje beter. Laura had me wat strijdlust gegeven en dat voelde beter dan machteloos toekijken en almaar verdrietig zijn.

Maar toen ik even later onder de douche stond, op Laura's slippers omdat de vieze studentenbadkamer onder de schimmel zat, leken het effect van de wijn en Laura's woorden samen met het douchewater in het putje te verdwijnen. Blijkbaar vond Lucas Marieke veel mooier dan mij. Toen ik in de spiegel keek, kon ik niet anders dan het met hem eens zijn. Wat zaten mijn haren eigenlijk verschrikkelijk stom. Dit duffe kapsel had ik al zo ongeveer mijn hele leven, terwijl Marieke zich een tijdje terug een filmsterrenkapsel had laten aanmeten met laagjes en een donkere spoeling. En Mariekes kleren waren ook mooier. Ik droeg meestal basic effen truitjes en een spijkerbroek, terwijl Marieke superhippe outfits droeg volgens de laatste mode, compleet met korte rokjes, superhoge hakken en glitters in haar haar. Geen wonder dat Lucas haar avontuurlijker vond. *Let's face it*: Marieke zag er altijd uit alsof ze regelrecht van een catwalk kwam, terwijl ik eruitzag als een onopvallend grijs muisje. Plotseling vond ik mezelf supersaai. Laura had gelijk. Ik had een make-over nodig, en wel meteen. Ik zou Lucas wel eens laten zien dat ik net zo mooi kon zijn als Marieke.

De volgende dag was ik al om negen uur bij de kapper waar Marieke altijd naartoe ging. Het was tijd voor een Marieke-make-over, en waar kon ik dan beter heen dan naar dezelfde kapper? Ik wist niet precies in welke kleur Marieke haar haren liet spoelen, maar als ik Mariekes haarkleur omschreef moest ik daar vast wel uitkomen.

Ik was de eerste klant. Een meisje met lang blond haar begroette me vriendelijk.

'Hoi Marieke,' zei ze. 'Jij bent er ook vroeg bij!'

Even schrok ik, maar toen bedacht ik dat het eigenlijk heel handig was dat ze dacht dat ik Marieke was. Dit was waarschijnlijk Mariekes vaste kapster, degene die altijd haar haar deed. Wat een geluk!

'Wat is je haar lang geworden!' zei het meisje, terwijl ze een kapperscape om me heen sloeg. Ze ging met haar vingers door mijn haren. 'De spoeling is er zo te zien helemaal uit. Ben je zo lang niet geweest?'

Help, hoe redde ik me hier uit? Maar meteen sprak ik mezelf ernstig toe. Nee, niet zo paniekerig doen! Zo zou de oude Esther reageren. De nieuwe Esther was cool en onverstoorbaar en had altijd overal een antwoord op.

'Ik ben inderdaad heel lang niet geweest,' zei ik. 'Het was hoog tijd.'

Het meisje knikte instemmend, wat ik vrij beledigend vond, want eigenlijk was ik pas nog naar de kapper geweest.

'Wat wil je? Heb je nog speciale wensen?'

'Het gebruikelijke graag,' zei ik. Dat meisje wist vast wel welke spoeling Marieke gebruikte.

'Dezelfde spoeling dus? En dezelfde lengte?' Het meisje keek nog eens kritisch naar mijn haar. 'Er moet wel een flink stuk af, hoor.'

Ik keek mezelf aan in de spiegel. 'Exact hetzelfde,' zei ik.

Anderhalf uur later kwam ik met een Marieke-kapsel naar buiten, achtervolgd door de waarschuwing van de kapster dat ik wel elke ochtend moest föhnen en stijlen voor een optimaal effect. Shit. Geen idee dat Marieke zo veel moeite moest doen om er elke dag zo verpletterend uit te zien. Ik had niet eens een steiltang!

Ik rechtte mijn rug. Pech, dan moest ik ook maar zo'n ding gaan aanschaffen. Shoppen was namelijk stap twee in mijn plan om mezelf een Marieke-look aan te meten. Gelukkig wist ik precies wat Mariekes favoriete winkels waren. Ik ging eerst naar de H&M, daar slaagde Marieke altijd goed. Eenmaal in de winkel was het simpel: ik pakte gewoon alles uit de rekken waarvan ik zeker wist dat Marieke het zou pakken: korte rokjes, bolero's en T-shirtjes met glitters erop. Met mijn armen vol kleding liep ik naar de kassa.

'Hoef je het niet te passen?' vroeg het meisje achter de kassa achterdochtig. 'Ruilen mag alleen als je de kaartjes eraan laat, hoor!'

Ik schudde mijn hoofd. Deze maat zat Marieke als gegoten. En mij dus ook. Zo, nu nog nieuwe schoenen, make up en een steiltang, en dan was mijn Marieke-make-over compleet! Het grijze muisje was exit, de nieuwe Esther was opgestaan! Voortaan zou ik net zo'n onuitwisbare indruk maken als Marieke.

Na een bezoekje aan een schoonheidsspecialiste liep ik met hernieuwd zelfvertrouwen over straat. Lucas en ik zaten misschien even in een dipje, maar als hij mijn nieuwe look zag, zou hij onmiddellijk zien dat ik ook spannend en wereldwijs kon zijn!

Het volgende moment herkende ik ineens Mariekes

paarse sterrentopje, dat volgens mij eigenlijk van Alice was. Ze liep slechts enkele meters voor me uit, samen met Lucas. Gelukkig had hij nu niet zijn arm om haar heen, maar ze liepen wel dicht naast elkaar. Voorzichtig liep ik hun richting uit. Wat moest ik doen als ze me zagen? Maar ze keken niet achterom. Zo te zien hadden ze voor niemand oog behalve voor elkaar.

Het was raar om Lucas naast Marieke te zien lopen. Zijn lieve ogen, zijn fantastische glimlach... Blijkbaar waren die niet langer voor mij bedoeld. Het deed pijn om hem zo naar een ander te zien kijken, vooral omdat die ander zo op mij leek. Het deed bijna nog meer pijn om naar Marieke te kijken. Ergens had ik gehoopt dat ze er net zo aan toe zou zijn als ik, maar ze leek in niets op het emotionele wrak dat ik de afgelopen dagen in de spiegel had gezien. Haar ogen straalden, haar hele gezicht lichtte op als ze naar Lucas keek.

En opeens drong de waarheid volledig tot me door. Ik snakte naar adem. Dit zag er niet uit als een poging van Lucas 'om erachter te komen wat hij voelde'. Het zag eruit alsof hij dat allang ontdekt had en bovendien al had besloten met wie hij verder wilde; met Marieke en niet met mij. Ze zagen eruit als een dolgelukkig stelletje. Mijn blik ging weer van Lucas naar Marieke. Ondanks alle sms'jes waarin ze 'het spijt me' had gezegd, zag ze er niet echt uit alsof ze ergens spijt van had. De blik waarmee ze naar Lucas keek, sprak boekdelen. Ze was verliefd op hem. Niet een beetje verliefd, zoals normaal gesproken als ze een crush had op een jongen. Echt verliefd. Verschrikkelijk, hartverscheurend verliefd. Ze hield van hem. Dat wist ik, omdat mijn gezicht er precies zo uitzag op alle foto's die ik van ons samen had. Lucas liet mij stralen en ik hem. En nu straalden Lucas en Marieke naar elkaar. Er bestond iets groots en geweldigs tussen hen. En ik stond erbij en keek ernaar, ik was slechts enkele meters van ze af, maar toch voelde het alsof ze mijlenver bij me vandaan waren. Onbereikbaar ver weg.

Lucas en Marieke kwamen weer in beweging. Marieke pakte zijn hand en zo liepen ze samen verder, alsof dat de gewoonste zaak van de wereld was. Ik draaide me om, ik had genoeg gezien. Even schrok ik. Had Marieke zich omgedraaid en stond ze nu recht achter me? Toen realiseerde ik me dat ik mezelf weerspiegeld zag in een etalageruit. Was ik dat? Ik leek helemaal niet meer op mezelf. De Marieke-make-over was gelukt, en hoe! Het meisje in de etalageruit leek sprekend op Marieke. Aarzelend keek ik naar mezelf. Ik voelde een golf van spijt. Maar waarom? Het was toch juist mijn bedoeling om op Marieke te lijken?

Ik kon er niets aan doen, ik kon mijn tranen niet tegenhouden. Nu wist ik het zeker: Lucas was verliefd op Marieke en zij op hem. Mijn vriendje had me ingeruild voor mijn zus, alsof het niets was. Midden in de drukke winkelstraat barstte ik in tranen uit.

Terug in Laura's studentenhuis liep ik regelrecht naar de badkamer. Die make-up moest eraf en alle kleren moesten uit! Waarom had ik mezelf wijsgemaakt dat deze make-over mijn redding was? Hoeveel nieuwe kleren ik ook zou kopen, hoeveel oogschaduw ik op zou doen, diep vanbinnen zou ik toch altijd mezelf blijven, een meisje dat het liefst in een hoekje kroop met een boek, niet de glitter-Marieke die danste tot diep in de nacht. Lucas moest van me houden zoals ik was, en als hij dat niet deed, was hij misschien toch niet mijn ware liefde, zoals ik al die tijd gedacht had. Ik keek naar mezelf in de spiegel, die besloeg van mijn adem zodat ik langzaam alleen nog maar een flauwe omtrek van mezelf zag.

Al die tijd had ik Lucas gezien als de perfecte jongen, de liefste en de leukste die er bestond. Maar de perfecte jongen zou nooit doen wat Lucas gedaan had. Waarom was ik al die tijd vooral boos geweest op Marieke? Lucas was net zo fout geweest als zij. Als ik mezelf in het exacte evenbeeld van mijn zus moest veranderen voor hij me zag staan, was hij verre van perfect.

Ik wreef de spiegel schoon met een handdoek, zodat ik mezelf weer kon zien. Ik vond watjes en makeupremover in het badkamerkastje en veegde ermee over mijn gezicht. Met elke beweging zag ik mezelf langzaam weer in Esther veranderen. Ik waste mijn gezicht tot alle sporen van foundation en mascara verdwenen waren. Mijn ogen waren dik en gezwollen en mijn huid was bleek, maar ik herkende mezelf tenminste weer. Alleen mijn nieuwe haarkleur kon ik niet veranderen.

Laura was niet op haar kamer. Ze had een briefje voor me achtergelaten om te zeggen dat ze de stad in was met vrienden. Ik vond het niet erg. Ik wilde nog maar één ding: onder de dekens kruipen en ongestoord huilen, zonder dat iemand het hoorde.

Ik lag echter nog maar net op het matrasje dat Laura voor me had opgemaakt toen mijn telefoon piepte.

Ik rolde met mijn ogen. Marieke zeker weer, om te zeggen dat het haar zo speet terwijl ze ondertussen gewoon met mijn vriendje door de stad dwaalde. Maar misschien was het Alice. Verlangend kwam ik overeind om mijn mobieltje uit mijn tas te halen en keek naar de naam op het display. Het was een berichtje van Lucas.

Belachelijk, al die tijd had ik zo verlangd naar een berichtje van Lucas en nu durfde ik het bijna niet te openen. Toch was het zo. Wat als hij schreef dat hij inmiddels een keuze gemaakt had? Dat hij meer van Marieke hield dan van mij? Plotseling zag ik in een flits voor me hoe het zou zijn als ze voortaan echt verkering zouden hebben. Voortaan zou Marieke samen met hem op zijn kamer zitten, samen met hem lange wandelingen maken, en bij zijn ouders thee komen drinken alsof het haar schoonouders waren. Mijn leven zou het hare worden. Misschien zouden Lucas' ouders het niet eens merken, dacht ik bitter.

Toen aarzelde ik niet langer en opende het bericht. Wat Lucas ook schreef, ik moest het weten.

> LIEVE ESTHER, SORRY DAT IK JE
> ZO LANG NIETS HEB LATEN HOREN.
> HET SPIJT ME VAN ALLES. HET WAS
> ÉÉN GROTE VERGISSING. IK WIL ALLEEN
> MAAR JOU! BEL ME ALSJEBLIEFT.
> VEEL LIEFS, JOUW LUCAS

De tranen kwamen weer. Hoe kon hij dat sms'en, terwijl ik hem nog geen uur geleden met Marieke had zien lopen? Met trillende vingers typte ik een berichtje.

DAT ZIJN MOOIE WOORDEN, LUCAS,
MAAR HOE WEET IK OF JE HET MEENT?
JE WAS TOCH BIJ MARIEKE?
ESTHER

Binnen een minuut kwam zijn antwoord binnen.

IK HEB ER ZO'N SPIJT VAN, ESTHER.
IK WIL JE NIET KWIJTRAKEN! IK BEN
BIJ MARIEKE GEWEEST MAAR IK WEET
NU DAT JIJ EN IK BIJ ELKAAR HOREN.
MAG IK BIJ JE LANGSKOMEN?
WAAR BEN JE?

Ha, daar zou hij nog van opkijken! Triomfantelijk
sms'te ik terug:

IN AMSTERDAM

Het duurde nu aanzienlijk langer voor hij antwoordde. Hopelijk drong het nu tot hem door dat ik
wist dat hij bij Marieke was omdat ik het zelf had gezien.

IK ZIT IN DE TREIN NAAR BRABANT,
DACHT DAT JE THUIS WAS. IK STAP
NU UIT. MAG IK NAAR JE TOE KOMEN?
IK MOET JE ZIEN. IK MIS JE.

Eindelijk zei hij dat hij mij ook miste! Dit had ik zo
graag willen horen. Maar hier kon hij niet alles mee
goedmaken.

IK MIS JOU OOK. MAAR IK HEB TIJD
NODIG OM NA TE DENKEN. JE KUNT
NIET ZOMAAR VAN MIJ NAAR MARIEKE
EN WEER TERUG.

DAT BEGRIJP IK. MAAR IK MOET JE ZIEN.
ZULLEN WE DAN VRIJDAG AFSPREKEN
IN HET BOEKENCAFÉ? ALS JIJ HET OOK
GOED WIL MAKEN ZIEN WE ELKAAR DAAR.
IK HOOP ZÓ DAT JE KOMT!

Ik zuchtte. Hij klonk eindelijk weer als de lieve Lucas die ik kende. Maar was het wel zo simpel? Zou ik Lucas ooit weer kunnen vertrouwen en zou alles dan weer worden zoals het was geweest? Hoe kon het ooit weer worden zoals vroeger, nu Lucas getwijfeld had tussen mij en Marieke en toch voor mij gekozen had? Zou ik voortaan altijd bang moeten zijn als Marieke en Lucas bij elkaar waren? De verliefdheid die ik in Mariekes ogen had gezien was echt. Hoe moesten Marieke en ik het ooit goedmaken als we nog steeds verliefd waren op dezelfde jongen? Hoe zou ik ooit gelukkig kunnen zijn als Marieke en ik niet *on speaking terms* waren?

Ik aarzelde lang. Toen sms'te ik Lucas terug dat ik erover na zou denken en hem misschien vrijdag zou zien bij ons boekencafé in Eindhoven. Hij mocht nu op zijn beurt wel even in angst zitten of ik hem nog wilde.

Ik kroop terug in bed, maar ik kon niet slapen. De gezichten van Lucas en Marieke buitelden door mijn hoofd. Eén ding stond vast: als ik Lucas kon vergeven moest ik Marieke ook vergeven. Ik wist nog niet of ik dat wel kon.

Alice

Stop! Geen gepieker meer! Vastbesloten stapte ik uit bed en keek om me heen. Ik was in Londen, in een prachtig hotel dat ik zelf nooit zou kunnen betalen. Een kingsize bed met zes hoofdkussens, een glimmende badkamer gevuld met allerlei soorten shampoos en lotions: hier moest ik zo veel mogelijk van genieten! En met een gratis ontbijtbuffet, een glamoureuze première met exclusieve afterparty en meer dan genoeg tijd om te shoppen in het vooruitzicht, zou het vast niet zo moeilijk zijn om Julius en zijn plotselinge uitbarsting te vergeten. In elk geval voor even. Misschien.

Een warme douche en twee omkleedsessies later, trok ik de deur van mijn hotelkamer achter me dicht. Op naar het ontbijtbuffet! Onderweg vroeg ik bij de receptie eerst nog of er boodschappen voor me binnen waren gekomen. Mijn *Fame*-collega Lizzie had geregeld dat iemand van de filmmaatschappij in Londen alle informatie over de acteurs en de filmpremière voor me zou afgeven.

'*Good morning, could you please tell me if there are any messages for me?*' vroeg ik aan het meisje in een mantelpakje achter de balie. '*My name is Alice Verhoeven, my room number is 71.*'

'*Yes miss,*' zei de receptioniste, '*here you go.*'

Ze overhandigde me een dikke envelop.

Ik bedankte haar en liep naar de ontbijtruimte, waar het heerlijk naar verse broodjes rook. Mmmm. Ik installeerde me met een kopje thee en een chocoladecroissant aan een leeg tafeltje. Eens kijken wat er in de envelop zat. Een samenvatting van de film waar ik heen zou gaan en de biografieën van de acteurs die ik zou gaan interviewen. En ten slotte de officiële persuitnodiging voor de première van die avond. Mijn hart maakte even een sprongetje. Het leek wel alsof het nu pas echt tot me doordrong. Ik mocht naar een echte première! Dat was toch veel beter dan afgekraakt te worden door een stel bekakte types of een potje pesten met het vervelende neefje van Julius.

O nee, Julius... Niet aan denken!

Ik bekeek het programma aandachtig. Die middag werd ik al om halfeen verwacht in het Hilton Hotel in de binnenstad van Londen voor de interviewsessie. Ik keek op mijn horloge, het was al halfelf. Jee, ik kon me maar beter meteen gaan voorbereiden! Ik las alle informatie door en krabbelde wat vragen in het roze opschrijfboekje, dat ik eigenlijk als reisdagboekje had willen gebruiken in Spanje. Nu kwam het toch goed van pas. Jammer dat ik mijn voicerecorder niet bij me had, maar ach, zonder ging het vast ook lukken. Een Echte Journalist had geen elektronische apparaten nodig!

'Hé, van welk tijdschrift ben jij?'

Ik keek op en staarde in twee knalblauwe ogen, die bij een vriendelijk gezicht hoorden.

'Ik ben Maarten,' zei de jongen, terwijl hij mijn hand schudde en er iets te hard in kneep. Ik voelde hoe mijn ringen in mijn vingers drukten.

'Hoi, ik ben Alice,' zei ik, een beetje overrompeld. Ik had niet verwacht hier een andere Nederlander tegen te komen. 'Eh... Ik werk voor *Fame*.'

Maarten knikte. 'Dat past wel bij je. Ik werk voor *HitMusic*.' Glimlachend ging hij tegenover me aan tafel zitten.

'Wat ben je aan het doen?' Zonder mijn antwoord af te wachten, trok hij mijn notitieboekje naar zich toe en begon de eerste vraag die ik had opgeschreven voor te lezen.

Geërgerd pakte ik het af. 'Gewoon. Ik ben vragen aan het verzinnen.'

Er verscheen een glimlach op zijn gezicht. 'Echt? Dat doe ik nooit van tevoren.' Hij rekte zijn nek om verder te kunnen lezen, maar ik sloeg mijn boekje dicht.

'Zijn je vragen geheim of zo?' vroeg hij.

'Nee. Of nou ja, misschien,' zei ik. 'Wel als jij alles nog moet bedenken! Want hoe doe jij dat dan? Verzin je alles ter plekke?'

Maarten lachte. 'Rustig maar, ik zal je vragen niet stelen. Ik was gewoon benieuwd. En ja, ik verzin alles pas tijdens het interview.'

'O, oké dan,' zei ik, terwijl ik een nieuwe vraag over het gebrek aan privacy neerkrabbelde.

'Ga je dat boekje echt gebruiken?' vroeg Maarten.

'Ja, hoezo?'

'Gewoon. Het is zo... roze. En er staan hartjes op.'

Ik keek hem aan. 'En dat is verkeerd omdat?'

'Verkeerd? Nou, niet echt verkeerd natuurlijk. Maar ben je niet bang dat ze je niet serieus zullen nemen?'

Met een zucht legde ik mijn boekje neer. 'Moet je

horen. Ik ga vragen stellen over liefde, dromen en wensen doen. Dat is mijn opdracht. Ik werk voor een meidenblad. Zó raar zullen ze er wel niet van opkijken.'

Ik nam demonstratief een hap van mijn chocoladecroissant.

'Heb je geen voicerecorder?'

Hm, kennelijk was het nog niet tot Maarten doorgedrongen dat ons gesprek was afgelopen.

'Jawel,' mompelde ik.

'Waarom gebruik je die dan niet?' wilde hij weten.

'Omdat...' Mijn stem trilde opeens gevaarlijk. Wat moest ik zeggen? Ik kon zo snel niks verzinnen, dus vertelde ik hem de waarheid.

'Omdat ik vakantie zou vieren met mijn vriendje in Frankrijk, maar na een paar uur al bleek dat hij een rotzak is en ik onderweg naar huis deze spoedklus binnen kreeg. Ik heb een koffer vol bikini's bij me. En dit boekje. Ik wilde gewoon even afleiding van alles. Dus nu ben ik hier en het kan me absoluut niks schelen wat iemand anders ervan vindt.'

Ik voelde mijn wangen gloeien en ik nam snel een slok thee om te verbergen hoe ongemakkelijk ik me voelde. Na een paar lange stille seconden keek ik Maarten voorzichtig aan. Nu had ik hem vast afgeschrikt.

'Sorry,' zei hij, 'ik moet me ook niet overal mee bemoeien.'

Hij schonk zichzelf een kopje thee in en begon een broodje te smeren. Ik haalde diep adem en klemde mijn handen om mijn kopje, ook al had ik het niet koud.

'Hoeveel bikini's zitten er in je koffer?' vroeg Maarten opeens.

'Wat?' vroeg ik.

'Je zei dat je een hele koffer vol bikini's bij je had. Hoeveel heb je er?'

Ik dacht even na. 'Negen,' zei ik ten slotte.

'Echt niet!' zei Maarten.

'Echt wel,' zei ik.

'Niemand heeft negen bikini's.'

'Jij misschien niet.'

Maarten keek me aan en begon hard te lachen. 'Nee, dat klopt. Maar ik geloof je nog steeds niet. Bewijs het maar! Ik wil een beschrijving, tot in detail.'

Ik deed mijn ogen dicht. 'Een rode, een zwarte, een gele, een neonroze met bloemetjes, een blauwe met strikjes, een donkergroene, een paars-wit gestreepte, een bruine met kraaltjes en een glitterbikini die ik nog nooit heb aangehad.'

Maarten glimlachte en knikte. 'Negen bikini's. En eentje met glitters nog wel. Die vriend van je is een sukkel.'

Ik glimlachte terug. 'Dat weet ik.'

'Wat is er gebeurd?'

Ik keek Maarten aan. 'Wil je altijd zo veel weten?'

Nu kreeg hij een rood hoofd. 'Sorry. Ik ben gewoon nieuwsgierig. Je bent een apart geval, Alice.'

Ik grijnsde. 'Nog veel aparter dan jij denkt.'

'O ja? Ik wil alles weten! Kom, dan gaan we samen naar het Hilton. En daarna neem ik je mee uit eten, dan kun je me alles vertellen.'

Ondanks alles glimlachte ik. Op de een of andere manier kon ik niet echt kwaad op hem worden.

'Goed dan,' zei ik. 'Maar dan wil ik jouw geheimen ook weten.'

'Best,' zei Maarten, terwijl hij opstond en zijn jas aantrok. 'Vergeet je roze boekje niet.'

Even later liepen we samen naar buiten, waar Maarten een typisch Engelse taxi aanhield en mij – heel galant – eerst liet instappen en vervolgens de chauffeur het adres gaf. We zoefden door de drukke straten en ik keek mijn ogen uit. Rode telefooncellen, bordjes met THE UNDERGROUND, Engelse straatnamen... Mijn hart begon sneller te kloppen. Londen, ik was er echt!

Toen we bij het Hilton aan kwamen, rekende Maarten af en ging me voor naar de receptie, waar we naar een persmedewerker werden verwezen.

'*Hitmusic*, Maarten Daamen,' zei Maarten geroutineerd tegen een gestrest uitziend meisje met een clipboard in haar handen.

'*Fame Magazine*, Alice Verhoeven,' bootste ik hem na. Toch wel handig om iemand bij me te hebben die precies wist hoe het allemaal werkte!

Het meisje vinkte onze namen af op haar lijst en we kregen allebei een keycord met een ID-kaartje eraan.

We mochten plaatsnemen in een speciale perskamer. Overal hingen posters van de film die vanavond in première zou gaan en er stonden schalen met koeken en luxe broodjes.

'Zo.' Maarten plofte neer op een donkerrode sofa en propte een Glacé-koek in zijn mond, ook al had hij net ontbeten. 'Eens kijken naar het tijdsschema.' Hij griste een schema van de salontafel voor ons, en bestudeerde het aandachtig.

Ik keek mee over zijn schouder. 'Rondetafelinterviews', stond bovenaan de pagina.

'Er zijn drie groepen van zeven journalisten,' legde Maarten uit, 'jij zit in groep C, samen met de BBC, twee Poolse journalisten van een filmblad en drie journalisten van Engelse kranten.'

'Bedankt,' zei ik. Plotseling voelde ik me ontzettend zenuwachtig. Zo'n interview met meerdere journalisten erbij had ik nog nooit gedaan en zeker niet in het Engels. Snel checkte ik de inhoud van mijn tas. Opschrijfboekje, drie werkende pennen, de vragen die ik had verzonnen... Het belangrijkste had ik in elk geval bij me. Gespannen las ik mijn vragen nog eens door.

'Ladies and gentlemen, attention please!'

Ik werd uit mijn gedachten opgeschrikt door de persdame, die in het midden van de ruimte stond en met haar clipboard wapperde.

'The rounds will start within five minutes. No personal questions, no pictures and no authographs. Follow me, please.'

Alle journalisten stonden op. Haastig volgde ik Maarten en de rest van de groep naar een grote ruimte, waar drie grote tafels met stoelen eromheen klaarstonden. Al snel ontdekte ik een tafel met een bordje met 'C' erop.

'Succes,' zei ik tegen Maarten.

'Jij ook,' zei hij.

Zodra iedereen zat, legden de journalisten aan mijn tafel hun voicerecorders klaar. Ik haalde mijn roze notitieboekje tevoorschijn. De journalist in pak naast me keek ernaar en trok zijn wenkbrauwen op. Dat was de journalist van de BBC zeker!

Op dat moment ging de deur open en kwamen de drie hoofdrolspelers van de film binnen, in gezelschap van een aantal beveiligers en persmedewerkers. Daniël Johanssen, de eenentwintigjarige hoofdrolspeler en tevens de hunk van de film, schoof bij ons aan tafel, begeleid door een meisje met een nog groter clipboard in haar handen.

'*Hello*,' zei Daniël.

'*Hello*,' zeiden we allemaal terug.

'*Ten minutes*,' zei de persdame.

Dat was kennelijk het startteken, want de man van de BBC stortte zich meteen op Daniël.

'*What's your view on the recent political issues?*'

Zodra Daniël klaar was met zijn politiek correcte antwoord, verdrongen mijn mede-interviewers zich om de volgende vraag te stellen.

Drie journalisten begonnen tegelijk met vragen stellen, maar één vrouw praatte het hardst en won de machtsstrijd. '*What's your opinion according to animal rights?*' schreeuwde ze.

Daniël produceerde opnieuw een Disney-proof antwoord en zodra hij was uitgesproken vuurden de journalisten allemaal tegelijk een nieuwe vraag op hem af.

'*In what prospect do you want to be a rolemodel for your audience?*'

'*What do you think of the choices the director made?*'

'*What do you think of the line up in this movie?*'

O help, als dit zo doorging had ik straks helemaal niks. Die tien minuten waren al bijna om en ik had nog niet eens één vraag gesteld! Ik moest in actie komen!

'*What's the –*' begon ik aarzelend, maar de BBC-man was me te snel af.

'*Do you –*' probeerde ik even later, maar de Poolse journalist overstemde me. Vanuit mijn ooghoek zag ik de persdame op haar horloge kijken. Verdorie, ik had geen tijd te verliezen!

Ik stak mijn hand in de lucht. '*Daniël*?' vroeg ik, ook al was hij nog niet helemaal klaar met zijn antwoord.

Hij keek me aan. '*Yes*?'

'*Do you have some love advice for your Dutch fans*?'

De BBC-man rolde met zijn ogen. Hij vond het duidelijk geen interessante vraag, maar ik had Daniëls aandacht, dat was belangrijker.

'*Are you from Holland? That's great! I've been there several times.*' Hij glimlachte. '*Oh, your question*?'

Ik glimlachte en knikte. '*Do you have some love advice for your Dutch fans*?'

'*Right! Sure, I truly believe love is the most important thing in life. If you love someone, just go for it. Sometimes it goes wrong, but you'll learn from it. I just know there's someone out there for everyone.*'

'*Thank you,*' zei ik, terwijl ik zijn antwoord haastig neerkrabbelde.

'*Time!*' riep de persdame. Daniël knikte en stond meteen op om aan te schuiven bij een andere tafel.

De BBC-man keek chagrijnig, maar ik voelde me goed. Ik had in elk geval één fantastische quote binnen! Het was misschien niet veel, maar stiekem was ik toch best een beetje trots op mezelf.

Ik scande de ruimte, op zoek naar Maarten. Hij zag mij ook en grijnsde. Ik grijnsde terug.

De volgende beroemdheid kwam bij ons aan tafel zitten. Het was Elina Rogers, een meisje van zestien dat erg populair was bij de *Fame*-lezeressen. Ze zag er tiptop verzorgd uit, met glanzend blond haar, knalpaars gelakte nagels en superhippe kleding. Naast haar voelde ik me opeens een doodgewoon meisje, met mijn spijkerbroek, favoriete sneakers en een paardenstaartje.

'*Ten minutes*,' zei het persmeisje dat bij Elina hoorde. Dit keer zou ik er geen gras over laten groeien!

'*Hi Elina*,' begon ik, '*I've got something for you.*' Ik overhandigde haar het laatste nummer van *Fame* (dat ik eigenlijk had meegenomen om aan Julius te laten zien), waarop Elina groot op de voorpagina stond.

Elina nam het tijdschrift van me aan en ontdekte haar gezicht op de cover.

'*Wow! Thank you. Where are you from?*' Elina leek oprecht blij en geïnteresseerd.

'*From Holland*,' zei ik, '*so I don't think you can read it, but I hope you like it anyway.*'

Elina glimlachte. '*I'll ask my grandmother to translate it for me. She's from Groningen.*' Ze sprak de plaatsnaam uit met een zwaar accent.

'*Cool, that's great! So you've been to Holland?*'

'*Yes, I visit her every summer. I love Holland. And eh... stroop waffles.*'

Ik lachte. 'Stroopwafels, *you mean?*'

'*Yes! I love them! My grandma always buys them for me.*'

De BBC-man naast me kuchte, ten teken dat hij ons gekletst beu was, dus ik besloot in actie te komen.

'*I have some questions for you. Do you have advice for readers who want to be just as famous as you are?*'

Elina knikte. '*Yes, always keep trying! Take as many acting lessons as you can, audition a lot and don't give up. If this is really your dream, just keep trying untill you reach your goal.*'

Zo snel als ik kon krabbelde ik haar antwoord neer in mijn interviewhandschrift, dat voor iedereen behalve mezelf zo goed als onleesbaar was.

Uiteraard gebruikte de BBC-man mijn schrijfpauze om ertussen te komen en sprong erop in met saaie vragen over politieke kwesties. Gelukkig kwamen de Poolse journalisten even later ook aan bod, en stelden zij vragen over de film en over Elina's liefdesleven die ik ook zou kunnen gebruiken. Dit ging goed!

Toen Elina opstond voor haar volgende interview, bedankte ze me nogmaals voor het exemplaar van *Fame*.

'*My mother collects every article about me, so this is great,*' zei ze.

Ik zwaaide en glimlachte. Deze ronde was een stuk beter gegaan! Tevreden en met hernieuwd zelfvertrouwen wachtte ik op de derde en laatste interviewkandidaat. Hiervoor hoefde ik niet zenuwachtig te zijn: deze beroemdheid was in de veertig en hoefde ik niet te interviewen voor *Fame*. Nu hoefde ik er alleen maar beleefd en zogenaamd geïnteresseerd bij te zitten. Een stuk gemakkelijker! Terry Michaels schoof aan bij onze tafel en de persdame die hem begeleidde bleef achter hem staan.

'*Ten minutes,*' zei ze.

Ik luisterde naar de vragen die de andere journalisten stelden en schreef af en toe iets op wat misschien toch leuk was om te vermelden in mijn artikel. De tien minuten vlogen om en toen de persdame aankondigde dat het tijd was voor de laatste vraag, voelde ik hoe de spanning langzaam van me afgleed. Het zat erop!

Ik zocht Maarten op in de drukte. 'Hé, hoe ging het?' vroeg ik, toen ik hem onderschepte bij een schaaltje met bonbons.

'Wel redelijk. Ik zat gelukkig bij andere filmjournalisten.'

'Handig,' zei ik. 'Die BBC-man had heel andere vragen dan ik.'

Maarten glimlachte. 'Dat zal wel, ja. Heb je genoeg voor een artikel?'

'Ik geloof van wel.'

'Mooi, dan gaan we nu de stad in. Lekker shoppen!'

Maarten pakte mijn hand en trok me mee naar buiten, weg uit het hotel.

'Shoppen?' vroeg ik toen we eenmaal buiten stonden. 'Ik dacht dat jongens daar een hekel aan hadden.'

'Ik niet,' zei Maarten. 'We zijn in Londen! We moeten onze kans grijpen!'

Samen liepen we naar Oxford Street, een van de grootste winkelstraten in Londen. Ik zag allerlei winkels waar ik dolgraag naar binnen wilde. Miss Selfridge, de Topshop... O wow, ik werd er spontaan hebberig van.

'Heb je een spectaculaire jurk in die bikinikoffer zitten?' vroeg Maarten.

'Nee. Moet dat dan? Wij zijn hier toch als pers, niet als gasten voor de première.'

'Nou en? Als je de kans hebt om een mooie jurk aan te trekken, moet je die altijd grijpen. En bovendien, we zijn ook uitgenodigd voor de afterparty. Dan moet je er wel een beetje leuk uitzien.'

Mij overhalen om te shoppen was nooit moeilijk, maar dit voorstel kon ik natuurlijk al helemaal niet afslaan. Enthousiast trok ik Maarten mee naar de Topshop om een berg koopjes te scoren.

Eenmaal binnen scande ik de rekken. T-shirts, rokjes, topjes... Ze hadden hier zo veel leuke dingen! O, dat ene rode topje was echt iets voor Esther.

Esther... Marieke...

De gedachte aan mijn zussen sloeg in als een bom en het knagende gevoel dat ik sinds de Ruzie had gehad, kwam opeens in alle hevigheid terug. Treurig pakte ik een haarbandje, waarvan ik honderd procent zeker wist dat Marieke het zou willen hebben.

Zouden mijn zussen het al hebben goed gemaakt? Vast niet, anders hadden ze me toch wel gebeld? Of zouden ze boos zijn, omdat ik geen partij had willen kiezen? Misschien moest ik ze laten weten waar ik was. Wat als één van hen voor niks naar Tilburg kwam?

Ik viste mijn Hello Kitty-telefoon uit mijn handtasje en staarde naar het schermpje. Geen berichtjes, alleen een leeg voicemailbericht. Kennelijk werd ik door niemand echt gemist. Ook niet door Julius, die blijkbaar nog steeds dacht dat ik hem had bedrogen...

Voordat ik verder kon piekeren, werd ik afgeleid door Maarten, die me riep en een prachtige roze jurk omhooghield. Hij zwaaide ermee in de lucht.

'Passen!' riep hij, en blij met deze *escape from reality* dook ik de pashokjes in. Als eerste probeerde ik de roze jurk.

'Heb je hem al aan?' vroeg Maarten aan de andere kant van het gordijn. 'Laat eens zien.'

Een beetje verlegen – zo goed kende ik hem tenslotte nog niet – stapte ik uit het pashokje en draaide een rondje in mijn premièrejurk.

'Mooi zeg. Moet je nemen,' vond Maarten.

Ik bekeek mezelf in de spiegel. Ja, het was absoluut een droomjurk. En nog betaalbaar ook. 'Doe ik,' zei ik opgewekter dan ik me voelde. 'Wat doe jij aan vanavond?'

'Ik heb een zwart jasje bij me,' vertelde Maarten, 'maar ik moet dringend iets kopen waar ik jouw hulp bij nodig heb.'

'Goed hoor,' zei ik. 'Even omkleden.'

Ik ging het pashokje weer in en trok het rode topje aan dat me aan Esther deed denken. Zodra ik het aanhad, ving ik een glimp van haar op in de spiegel.

'Ik mis je,' fluisterde ik naar mijn eigen spiegelbeeld, hoewel ik best wist dat het onzin was en ze me niet kon horen. Ik voelde tranen prikken in mijn ogen en snel deed ik de haarband voor Marieke in mijn haar. Zo. Nu was ik ons alle drie een beetje. Hopelijk kon ik zelfs in mijn eentje het evenwicht bewaren.

Even later rekende ik mijn drie aankopen af bij de kassa en sleurde Maarten me mee naar een juwelier. Wat had dit te betekenen?

'Waarbij heb je mijn hulp nodig?' vroeg ik nieuwsgierig.

Maarten grijnsde en pakte me beet bij mijn schouders. 'Het is iets heel belangrijks. Kun je een geheim bewaren?'

'Als de beste,' zei ik.

'Goed dan.' Maarten staarde dromerig naar ringen met joekels van diamanten die in de etalage lagen. 'Wanneer ik thuiskom, ga ik mijn vriendin ten huwelijk vragen.'

Wat? Dit nieuws moest even op me inwerken. Maarten. Een vriendin. En hij wilde met haar trouwen. Ik had me nog geen moment afgevraagd of Maarten single was. Misschien was ik daar wel gewoon van uitgegaan, omdat hij met me wilde optrekken en zo aardig voor me was. Maar hij was dus bezet. Plotseling besefte ik dat ik dat eigenlijk wel jammer vond. Snel slikte ik mijn teleurstelling weg.

'Echt? Gefeliciteerd,' zei ik, een beetje te laat, maar hopelijk net op tijd. 'Je vriendin heeft maar geluk met jou.'

Maarten glimlachte trots. 'Bedankt. Wil je me helpen om de allermooiste ring voor haar uit te kiezen? Jij hebt daar als meisje toch meer kijk op dan ik.'

'Natuurlijk help ik je,' zei ik. 'Kom mee!' Samen liepen we de winkel in.

Toen ik even later toekeek hoe Maarten alle ringen kritisch bekeek en tegen het licht hield, besefte ik plotseling dat hij duizend keer leuker was dan Julius. Veel liever. Ik was niet verliefd op hem, maar dankzij hem was mijn gebroken hart alweer een beetje gelijmd. Niet alle jongens waren onbetrouwbare eikels. Sommige waren zoals Maarten. Een geruststellende gedachte.

Drie juwelierszaken later had Maarten zijn verlovingsring op zak. Het was dé ring, met een klein, roze diamantje.

'Bedankt voor je advies,' zei hij. 'Ik ben blij dat ik je ben tegengekomen.'

Ik glimlachte terug. 'Ik ook. Je hebt me helemaal opgevrolijkt.'

'Mooi,' zei Maarten. 'En vanavond hebben we de tijd van ons leven!'

We aten snel wat bij de McDonald's en gingen terug naar het hotel om ons klaar te maken voor de première.

'Ik kom je om halfacht ophalen,' zei Maarten toen we afscheid namen bij de lift.

'Goed, tot zo,' zei ik.

Eenmaal in de lift was het opeens vreemd stil en terwijl mijn gedachten door mijn hoofd raasden, zoefde ik naar mijn verdieping.

Ik liet mezelf binnen met een elektronische sleutel en op mijn kamer stalde ik mijn aankopen uit. De mooie jurk hing ik over een stoel. Daar zat ik dan, in mijn luxe hotelkamer, omringd door prachtige, gloednieuwe kledingstukken.

Ik stapte onder de douche en probeerde alle gebeurtenissen op me te laten inwerken. Ik stond op het punt om naar een echte première te gaan, waar ik naast de rode loper mocht staan en beroemdheden zou ontmoeten. Ik ging erheen met een geweldig aardige jongen, met wie ik hopelijk goede vrienden zou worden. Ik had een droomjurk gekocht, waarmee ik tot diep in de nacht zou dansen op een exclusieve afterparty. Dit was een droom. Het was geweldig... Maar toch voelde niks ervan echt. Zonder mijn zussen telde het niet. Zonder hen, nu ze niet wisten waar ik was, voelde ik me onzichtbaar. Daar konden rode topjes of Marieke-haarbandjes geen verandering in brengen.

Met het warme water probeerde ik mijn zorgen weg te spoelen, en toen ik me even later opmaakte, hoorde ik het vertrouwde piepje van mijn mobiele telefoon. Een berichtje van Christine.

> HEY EL! HET IS SUPER OP KRETA.
> BEN 100% VERLIEFD! WIL JE ALLES
> VERTELLEN. HOE IS HET MET JUUL?
> X CHRIS

Ik glimlachte. Wat super dat het nog steeds goed ging met haar vakantielover! Maar wat moest ik over mezelf vertellen? Ik wilde haar niet onnodig ongerust maken met verhalen over Julius. Dus typte ik terug:

> HA CHRIS! BEN IN LONDEN IN
> SUPERCHIQUE HOTEL (QUALITY CROWN
> MET 4 STERREN!). LANG VERHAAL.
> WIL ALLES WETEN OVER JE VAKANTIEHUNK.
> X ALICE

Nu wist in elk geval Christine waar ik was.

Een halfuur later zette een taxi ons af bij het orkest-gebouw, waar de première werd gehouden. Toen ik uitstapte, drong het geluid van een gillende menigte tot me door. Al snel kreeg ik de rode loper in het oog, waar beveiligers een paar opdringerige fans in bedwang probeerden te houden. De pers mocht via een zijingang naar binnen en we namen plaats aan de andere kant van de rode loper, tegenover de uitzinnige fans. Een vel papier met HOLLAND was op de grond geplakt, zodat Maarten en ik wisten waar we mochten staan. Ik haalde mijn camera tevoorschijn. Dit moment wilde ik vastleggen!

Even later stopte er een glimmende limousine voor de rode loper. Drie zangeressen, die samen de meidengroep *Stargirls* vormden, stapten uit. Ze droegen alle drie schitterende jurken en onmogelijk hoge hakken, waarop ze verbazingwekkend goed konden lopen. Zodra Nathalie, de leadzangeres, haar voet op de rode loper zette, begon de menigte tegenover ons nog harder te gillen. De *Stargirls* zwaaiden en deelden handtekeningen uit aan de fans die een plekje vooraan hadden weten te bemachtigen. Overal flitsten camera's en journalisten probeerden hun aandacht te trekken. Reporters van televisiestations rukten uit en stelden de zangeressen vragen. Ik keek mijn ogen uit. Dit was nog veel cooler dan ik het me had voorgesteld!

Maarten porde in mijn zij. 'Je eerste première zeker?' vroeg hij.

Ik knikte. Was het zo duidelijk? Maar het kon me niet schelen als ik heel blij keek en er meer uitzag als een fan dan als een journalist. Van dit moment wilde ik gewoon genieten. Een Serieuze Journalist werd ik morgen wel weer.

We zagen hoe talloze beroemdheden één voor één met limousines werden afgezet bij de rode loper. Steeds opnieuw gingen de fans uit hun dak. Ze maakten foto's met hun mobieltjes en de persfotografen in het vak naast ons klikten erop los met hun camera's met reusachtige telelenzen. Ik keek mijn ogen uit, tot ik mijn voormalig idool Brian George uit een glimmende limo zag stappen. Haastig dook ik weg achter Maarten. Hij keek me vragend aan.

'Een dramatisch interview vorig jaar,' zei ik. 'Vertel ik nog wel een keer.'

Gelukkig zag Brian me niet. Ach, waarschijnlijk zou hij me niet eens herkennen.

Even later arriveerden ook de hoofdrolspelers van de film, die we die middag hadden geïnterviewd. Ik maakte foto's met mijn huis-tuin-en-keukencameraatje, misschien leuk voor op de *Fame*-website of anders gewoon als aandenken voor mezelf. Elina herkende me blijkbaar tussen alle journalisten, want ze zwaaide en kwam naar me toe.

'*Nice dress*,' zei ze.

'*Thanks. Yours is pretty too*,' zei ik, terwijl ik naar haar oogverblindende glitterjurk wees.

Een persdame tikte op Elina's schouder en met een verontschuldigend gebaar liep ze weg. Beroemdheden hadden nu eenmaal geen tijd voor kletspraatjes, dat snapte ik ook wel.

Na anderhalf uur *celebs* spotten op de rode loper, begonnen mijn voeten pijn te doen van het wachten en inmiddels had ik kippenvel op mijn armen.

'Hier.' Maarten drapeerde zijn zwartje jasje om mijn schouders. Ik glimlachte om zijn lieve gebaar. Gelukkig mochten we even later naar binnen. We moesten onze uitnodiging laten zien en kregen stoelnummers voor de bioscoopzaal uitgereikt. Maarten en ik hadden een plaatsje naast elkaar en op de stoelen troffen we een tasje met chips, chocolaatjes en een flesje frisdrank aan. Perfect!

De film begon meteen heftig, maar ik kon mijn gedachten er niet bijhouden. Want terwijl het hartstochtelijke verhaal en de romantische muziek de bioscoopzaal vulden, kon ik opeens alleen maar aan Julius denken, aan hoe hij me zomaar had beschuldigd en hoe hij me had weggestuurd in een vreemd land waar ik niemand kende. Er rolde een traan over mijn wang en ik voelde hoe Maarten een zakdoek in mijn handen drukte. Hij dacht vast dat ik ontroerd was door de film, die lieverd.

Op dat moment wist ik het opeens heel zeker: Julius was geen traan meer waard! Ik wilde iemand die altijd aan mijn kant zou staan, me niet wantrouwde en me zeker niet in mijn eentje ergens achterliet. Ik wilde een lieve jongen, een jongen zoals Maarten. Ik rommelde in mijn tasje en verwijderde het telefoonnummer van Julius voorgoed uit het geheugen van mijn telefoon. Dit hoofdstuk was gesloten en een nieuw kon beginnen. Ik had liever een goede vriend dan verkering met een klootzak.

Zodra de film was afgelopen, sleurde Maarten me mee naar de feestzaal waar de afterparty werd gehouden. Serveersters in lila jurkjes deelden roze champagne uit. Maarten pakte twee glazen van een dienblad en reikte me er eentje aan.

'Volgens mij kun jij wel een drankje gebruiken,' zei hij. 'Je huilde niet om de film, hè?'

'Nee.' Ik schudde mijn hoofd. 'Maar ik ben hier om mijn zorgen te vergeten. Ik wil lol maken en de tijd van mijn leven hebben.'

'Goed. Maar als ik je kan helpen, met wat dan ook, moet je het zeggen,' zei Maarten.

'Doe ik,' zei ik. 'Verstandig zijn komt morgen wel.'

Maarten knikte en begon een grappig dansje te doen op de muziek die uit de geluidsboxen schalde en ondanks alles lachte ik. Hij deed een perfecte Michael Jackson-imitatie, waardoor ik nog veel erger de slappe lach kreeg. En toen mijn favoriete nummer voorbijkwam, goot ik mijn roze drankje achterover en deed ik met hem mee. Vanavond werd een topavond, dat moest gewoon.

Ik danste en zwierde in Maartens armen. Hij liet me rondjes draaien als een ballerina. Ik playbackte een nummer van de *Stargirls* naar hem. We maakten lollige foto's van elkaar en dronken nog meer roze champagne. We sprongen en we draaiden. Ik voelde de beat in mijn hele lichaam en mijn hart bonkte. Ik voelde me springlevend. Ik was in Londen en kon de hele wereld aan.

Een heleboel goede dansnummers en een paar cocktails later, begon alles te draaien. Ik had het erg warm en ik zag hoe alles en iedereen als in slow motion leek te bewegen. Draaide de dansvloer nou of lag dat aan mij?

'Even een luchtje scheppen,' zei ik tegen Maarten.

Hij knikte, terwijl hij in zijn eentje fanatiek verder danste.

Ik wankelde naar buiten en begon een eindje te lopen om frisse lucht in te ademen. Ik zuchtte diep en keek naar de sterren. Ongelofelijk dat ik hier echt was!

Plotseling voelde ik hoe iemand mijn arm hardhandig beetpakte en me een donkere, smalle straat in sleurde. 'Wat...?!'

Marieke

Het was donker. Lucas en ik stonden samen op het dakterras van mijn studentenhuis naar de sterren te kijken. Ik volgde zijn vinger, die me de weg wees door het sterrenstelsel. Hoe langer ik omhoogkeek naar al die ontelbare lichtgevende puntjes, hoe meer het me duizelde. Of kwam het doordat we eindelijk samen waren? Mijn hartslag versnelde en ik greep het gammele balkonhekje aan de rand van het dak vast. Toch bleef ik omhoogkijken, luisterend naar Lucas' warme, vertrouwde stem. Dit romantische moment liet ik echt niet verpesten door een beetje duizeligheid. De sterren veranderden in wazige glitters en ik leunde tegen het hek om mijn evenwicht niet te verliezen. Maar de wereld om me heen begon steeds sneller te draaien, Lucas' stem vervaagde en voor ik ook maar iets kon doen om het tegen te houden, viel ik voorover, de donkere nacht in, een eindeloos zwart gat tegemoet.

'Help!' Met een schreeuw schoot ik overeind in bed.

Een angstig, onbestemd gevoel beklemde mijn borst terwijl ik mijn nachtlampje aanknipte om de droom te verdrijven. Onwennig keek ik mijn kamer rond. Geen Lucas op het matrasje naast mijn bed, ik was alleen. Alleen al de gedachte aan hem deed me pijn. Ik miste hem zo erg dat ik bang was dat ik elk moment uit elkaar kon spatten. Ik staarde naar de

glow-in-the-dark sterren die Laila en ik een tijdje geleden op het plafond boven mijn bed hadden geplakt en
ik haalde diep adem om mezelf ervan te verzekeren
dat alles oké was, dat ik alleen maar naar had gedroomd.

Maar toch wist ik opeens heel erg zeker dat er wél
iets mis was. Ontzettend mis. Mijn hart klopte in
mijn keel en ik voelde mijn nachthemd aan mijn rug
plakken, alsof ik net ergens heel erg van was geschrokken. Mijn ogen dwaalden naar het nachtkastje
naast mijn bed en vonden het fotolijstje met de foto
van mijn zussen, dat ik daar op de eerste dag dat ik in
mijn studentenkamer trok had neergezet. Ze keken
onbezorgd en vrolijk in de lens in een tijd waarin alles
nog goed was tussen ons. Mijn ogen werden als vanzelf naar Alice getrokken. Dit gevoel had ik nooit eerder gehad, maar toen ik naar haar gezicht keek wist ik
het zekerder dan ik ooit iets had geweten in mijn leven: *Alice. Er was iets met Alice!*

In een vlaag van paniek sprong ik uit bed, struikelde
over mijn hoge hakken die in het midden van mijn kamer op de vloer lagen, deed het grote licht aan en
doorzocht mijn tas, op zoek naar mijn mobieltje. Mijn
vingers trilden zo erg toen ik Alice' nummer opzocht
dat ik het ding uit mijn handen liet vallen en het uit elkaar viel op de grond. Ik kroop op handen en voeten
door mijn rommelige kamer om de onderdelen te verzamelen.

'Alsjeblieft, neem op,' fluisterde ik toen ik mijn mobieltje weer in elkaar had gezet en Alice' nummer had
geselecteerd. Maar hij ging niet eens over. Ik hoorde
alleen een klikgeluid, gevolgd door een monotone

computerstem die zei: 'Dit nummer is op dit moment niet in gebruik, probeer het later nog eens.'

Verwonderd staarde ik naar mijn telefoon. Alice was altijd bereikbaar, dit kon niet kloppen. Ik probeerde het nog eens, maar ik kreeg opnieuw dezelfde stem aan de lijn. Ik voelde hoe een paniekgevoel bezit van me nam. Dit was niet goed, helemaal niet goed. Maar wacht eens even, als Alice niet opnam, dan belde ik gewoon naar Julius! Hij wist vast wel waar ze was; hopelijk was ze zelfs bij hem. Gelukkig had ik zijn telefoonnummer, omdat hij me een tijd geleden had ge-sms't voor een romantische cadeautip voor Alice. Snel selecteerde ik zijn nummer en ik haalde opgelucht adem toen zijn telefoon wel overging. Eindeloos.

'Neem op!' riep ik ongeduldig, toen ik voor de derde keer de voicemail kreeg. 'Neem dan op!'

Net toen ik het wilde opgeven, hoorde ik Julius' slaperige stem. 'Hallo...?'

'Julius!' zei ik. 'Is alles goed met Alice?' Ik praatte snel, zoals ik altijd deed als ik zenuwachtig was, dus klonk mijn vraag zo ongeveer als 'salles-goe-mellis?'

Het bleef lang stil aan de andere kant. 'Alice?' vroeg hij uiteindelijk. 'Ben jij dat?'

'Nee, ik ben het, Marieke,' zei ik verbaasd.

'Marieke? Weet je wel hoe laat het is?' Zijn stem klonk geïrriteerd, heel anders dan ik van hem gewend was. Maar toen ik na een snelle blik op mijn wekker ontdekte dat het halfvijf in de ochtend was, verklaarde dat zijn gedrag enigszins. Hij was vast nog te slaperig om een telefoongesprek te voeren.

'Sorry,' mompelde ik. 'Maar mag ik Alice nu alsjeblieft even spreken? Het is belangrijk.'

Weer bleef het even stil. 'Is dit soms een flauwe grap?'

'Waar heb je het over? Geef me Alice aan de telefoon!' riep ik, nu kwaad van angst. 'Ze neemt haar eigen telefoon niet op terwijl ik zeker weet dat er iets vreselijk mis is en...'

Julius onderbrak me. 'Marieke, Alice is hier al een paar dagen niet meer. Het is uit, ik weet dat ze me heeft belazerd. Ze is net zo erg als jij.'

'Wat?' Ondanks de warme zomernacht voelde ik een koude rilling door mijn lijf trekken. 'Waar heb jíj het over?'

'Mijn zus heeft Alice betrapt. Ze was met een andere jongen in een of andere discotheek. Ze beweerde dat jij het was, maar daar trap ik niet in. Ik heb een foto gezien en herkende haar kleren. Jullie gebruiken jullie gelijkenis om er meerdere vriendjes op na te houden!' Zijn stem werd steeds luider, het was duidelijk dat hij erg boos was.

'Dat... dat is niet waar,' zei ik geschokt. 'Alice zou je nooit bedriegen, ze is gek op jou.'

'Als je het niet erg vindt, hecht ik niet al te veel waarde aan wat jij zegt,' vervolgde hij op sarcastische toon. 'Jij belazert zelfs je eigen zus.'

Zijn woorden sloegen me in mijn gezicht en ik voelde tranen in mijn ogen schieten. 'Julius, hoe je ook over mij denkt, vertel me alsjeblieft waar Alice is,' zei ik, terwijl ik een brok in mijn keel wegslikte om normaal te blijven praten. 'Ik weet gewoon dat er iets aan de hand is, ik heb al een paar dagen niks van haar gehoord.'

'Weet ik veel, ze is weggegaan toen ik het uitmaakte,' zei Julius nog steeds op kille toon, al hoorde ik nu ook ongerustheid doorsijpelen in zijn stem.

'En je hebt sindsdien niks meer van haar gehoord?' vroeg ik, terwijl het gevoel van ongerustheid dat ik in mijn buik voelde steeds groter werd.

'Nee, ik dacht...' Het bleef even stil en ik kon horen dat Julius opstond en een lamp in zijn kamer aanknipte. 'Ik dacht dat jij of Esther haar wel zouden komen ophalen of zo.'

'Ik wist hier niks van!' riep ik. 'En ze neemt niet op! Misschien is er wel iets gebeurd en...' Opeens drong er iets vreselijks tot me door. Dit was allemaal mijn schuld. Zijn zus had mij natuurlijk zien lopen met Lucas en had gedacht dat het Alice was. En vervolgens had Julius Alice gedumpt en haar naar huis gestuurd. Terwijl ze in haar eentje door Frankrijk reisde was er vast iets gebeurd.

'Eh... dit was niet mijn bedoeling.' Julius klonk nu duidelijk ook geschrokken. 'Ik...'

'Laat maar,' mompelde ik, boos omdat hij Alice niet had geloofd en haar zo had behandeld. 'Ik ga haar zelf wel zoeken.' Ik verbrak de verbinding en staarde voor me uit. Ik had dus niet alleen Esthers hart, maar ook dat van Alice gebroken. Ik leek wel een verwoestende tornado die alles kapotmaakte wat bij mij in de buurt durfde te komen. Als er in Nederland ooit een orkaan zou uitbreken, zou die naar mij vernoemd moeten worden. Het was hoog tijd voor een Marieke-alert.

Ik gaf een schop tegen mijn bureau om mezelf weer tot positieven te brengen. Dit was allemaal mijn schuld. En dus moest ik het ook weer oplossen, als dat nog kon tenminste. Ik keek naar mijn telefoon, haalde diep adem en probeerde Esther voor de duizendste keer te bellen sinds ik haar kamer die vreselijke avond had verlaten. Ik scrolde naar de laatst gekozen telefoonnummers en drukte op het groene icoontje. 'Belt Esther', verscheen in het schermpje.

'Marieke?' Esther nam onmiddellijk op. Bij het horen van haar stem sprongen er tranen in mijn ogen. We hadden elkaar nog nooit zo lang niet gesproken en nu ik haar vertrouwde, zachte stem eindelijk weer hoorde besefte ik eens te meer hoe erg ik haar had gemist.

'Esther,' zei ik. 'Sorry dat ik zo vroeg bel, maar ik werd opeens wakker met het gevoel dat er iets met Alice is maar toen ik haar belde lukte dat niet en volgens Julius is ze al een paar dagen niet meer in Frankrijk en...'

'Marieke, dat gevoel heb ik ook,' onderbrak Esther mijn geratel dat zij in tegenstelling tot Julius gelukkig wel wist te ontcijferen. 'Ik werd opeens wakker en... nou ja, ik heb haar ook geprobeerd te bellen, maar ik krijg meteen zo'n automatische telefoonstem. Maar hoezo is Alice niet meer in Frankrijk?'

'Julius' zus heeft mij zien lopen met Lucas,' zei ik, terwijl ik wist dat ik Esther kwetste met deze opmerking. Nu gaf ik tenslotte toe dat ik niet alleen met haar vriendje had gezoend, maar ook achter haar rug om met hem had afgesproken. Maar het ging nu even niet om ons of die stomme ruzie, maar om Alice. 'Die zus dacht waarschijnlijk dat ik Alice was, en dus dat Alice Julius bedroog. Julius heeft het uitgemaakt en Alice weggestuurd. Wist jij dat?'

'Nee!' Esther klonk nu ook alsof ze in paniek was.

'Ik heb al een paar dagen geen contact met haar gehad.'

'Ik ook niet.' Ik staarde naar de foto van Alice. Hoe had dit ooit kunnen gebeuren? Door mij zwierf Alice nu waarschijnlijk doodongelukkig en alleen rond in Frankrijk, en dat terwijl we eigenlijk met z'n drietjes in Spanje hadden moeten zijn.

'We moeten iets doen!' Esthers stem trilde. Ik wist dat ze net zo bang was als ik.

'Ik ga Christine bellen,' zei ik. 'Alice heeft haar misschien wel gebeld.'

'Oké,' snikte Esther inmiddels. 'Bel je me dan daarna terug?'

Nu voelde ik zelf ook tranen opkomen. Niet alleen uit angst over Alice, maar ook omdat Esther en ik elkaar eindelijk weer spraken. Ik kon er niet tegen om ruzie te hebben met mijn zussen. Ook al wist ik wel dat we nog een hoop te bespreken hadden, de radiostilte was in elk geval verbroken.

'Natuurlijk,' zei ik. 'Tot zo!'

Zodra ik had opgehangen, selecteerde ik Christines telefoonnummer. Ik hoopte dat ze zou opnemen, ondanks het vroege tijdstip. En dat ze niet boos zou zijn, zoals Julius. Gelukkig, haar telefoon ging over. Nadat hij tien keer was overgegaan werd er opgenomen. Harde dansmuziek tetterde in mijn oor.

'Hoi!' Christines stem werd bijna overstemd door de herrie. 'Marieke, alles oké? Ik ben namelijk met vakantie op Kreta en...'

Oeps. Eerst belde ik Julius wakker en nu jaagde ik Christine op kosten. Maar voor Alice had ze dat vast wel over, dacht ik. 'Christine, weet jij waar Alice is?'

brulde ik in mijn telefoon zodat ze me zou kunnen verstaan in die herrie.

'Ja, die is in Londen voor *Fame*. Hoezo?' riep Christine terug.

'Londen?' Ik voelde dat mijn ogen groot werden van verbazing. 'Dat... dat wist ik niet,' stamelde ik. Alice was natuurlijk heel erg boos op me, schoot het door me heen. Door mij ging onze vakantie niet door en had Julius het ook nog eens uitgemaakt, en ik had ondertussen alleen maar gewild dat ze naar mij luisterde en mij steunde. Ik had alleen maar aan mezelf gedacht. Geen wonder dat ze mij niet had gebeld. Een bittere traan van schuldgevoel kroop over mijn wang.

'Wacht even,' riep Christine en ik hoorde de muziek langzaam verstommen. 'Ik ben nu buiten,' zei ze na een tijdje. 'Ik verstond je niet zo goed.'

Ik besloot meteen ter zake te komen. 'Christine, dit klinkt vast heel raar, maar ik werd wakker met het gevoel dat er iets mis is met Alice, en Esther heeft precies hetzelfde. Maar ze neemt haar telefoon niet op. Ik ben bang dat er iets is gebeurd.'

'Echt waar?' Het bleef even stil. 'Zal ik het even proberen?' vroeg ze uiteindelijk. 'Misschien neemt Alice dan wel op...'

De suggestie die uit haar zin bleek – namelijk dat Alice mij en Esther misschien niet wilde spreken en bewust niet opnam – maakte duidelijk dat Christine van onze ruzie afwist. Maar ook al deed haar opmerking pijn, ze verklaarde me in elk geval niet voor gek.

'Graag, heel graag,' zei ik.

'Oké, dan bel ik je zo terug,' zei Christine.

Een paar stille, slopende minuten kropen voorbij en ik werd zo ongeveer gek van ongerustheid. Allerlei doemscenario's over wat er met Alice gebeurd zou kunnen zijn schoten door mijn hoofd.

Misschien was ze verdwaald in de stad.

Ze had een ongeluk gehad omdat ze was vergeten dat auto's daar links rijden.

Ze lag doodziek (van die vieze Engelse fish-and-chips) in een hotelkamer.

Ze was een enge man tegengekomen voor wie ze zich verstopte in de bosjes.

Of nog veel erger...

Toen mijn lawaaiige ringtone de stilte doorbrak, sprong ik op van schrik.

'En?' vroeg ik meteen.

'Hetzelfde,' zei Christine. 'Ik krijg meteen een telefoonstem die zegt dat Alice' telefoon buiten bereik is.'

'Shit.' We waren geen spat verder. Ik balde mijn hand uit radeloosheid tot een vuist. 'Is het mogelijk dat ze nu in een vliegtuig zit?' vroeg ik hoopvol. 'Dat zou verklaren waarom ze niet opneemt.'

'Nee, ze zou nog een paar dagen blijven, dat weet ik zeker,' antwoordde Christine. 'Marieke?' vervolgde ze. 'Denk je echt dat er iets met Alice is?' Haar stem klonk bezorgd.

'Ik... ik weet het niet,' zei ik eerlijk. 'Ik weet alleen dat ik dit gevoel nooit eerder heb gehad. En Esther ook niet.'

Er volgden een paar korte piepjes achter elkaar. 'Mijn batterij is bijna leeg,' zei Christine. 'Maar weet je, als jullie allebei hetzelfde gevoel hebben, moeten

we dit uitzoeken. Laten jij, Esther en ik blijven proberen Alice te bellen.'

'Ja,' zei ik, niet overtuigd. 'Heb jij misschien het
adres van Alice' hotel in Londen?'

'Even nadenken, ze heeft het wel gezegd. Het heette...' Haar stem viel weg, de verbinding werd verbroken.

Een tijdje staarde ik radeloos voor me uit. Ik kon
haar niet terugbellen en het duurde nog uren voor de
Fame-redactie bereikbaar zou zijn. Dat duurde me veel
te lang. Net toen ik Esther wilde gaan bellen, piepte
mijn telefoon. Ik had een sms'je van een onbekend
nummer.

> HOTEL HEET IETS VAN QUALITY CROWN
> OF ZOIETS, ADRES WEET IK NIET
> LFS CHRISTINE

Yes! Christine was geweldig! Geen idee hoe ze dit
voor elkaar had gekregen, maar ik was haar ontzettend dankbaar. Terwijl ik mijn computer opstartte
om het adres en telefoonnummer van Alice' hotel op
te zoeken, stuurde ik een berichtje terug om haar te
bedanken en met de belofte dat ik haar op de hoogte
zou houden. Ik hoopte maar dat Christine ondanks
mijn telefoontje toch nog een fijne avond had – ik
had al meer dan genoeg vakanties bedorven deze zomer.

Ik opende internet en tikte 'Quality Crown' en 'Londen' in. Meteen verschenen er allerlei resultaten op
mijn scherm. Na één blik werd duidelijk dat er meerdere hotels waren die Quality Crown heetten. Blijk-

baar was het een chique hotelketen, want ze hadden allemaal vier sterren. In welke van de verschillende Crown-hotels Alice ook logeerde, ze zat in elk geval goed. Ik klikte op goed geluk de bovenste aan en toetste het nummer in.

Drie telefoontjes later had ik Alice getraceerd: ze had een kamer in Quality Crown Hotel Hyde Park. Het enige wat de receptionist me wilde vertellen was dat Alice inderdaad in het hotel logeerde, maar dat ze niet aanwezig was. Zijn woorden echoden na in mijn hoofd: *'Miss Verhoeven has not returned to her room tonight.'* Alice was vannacht dus niet teruggekeerd van waar ze ook heen was geweest. Dat was niets voor haar. Als ze al uitging, maakte ze het nooit extreem laat en was ze bovendien niet alleen in een vreemde stad waar ze niemand kende. Dit vroeg om daadkrachtig handelen. Ik krabbelde het adres op een papiertje en belde Esther.

'Esther,' zei ik, zodra ze opnam. 'Pak je spullen. We gaan naar Londen. Nu meteen!'

'Wat...?' Esther klonk zenuwachtig. Ze was niet zo van de impulsieve acties, en zelfs een geplande reis vond ze spannend. Ze was altijd zo bang om iets te vergeten dat ze wilde dat Alice of ik haar koffer nog nakeek voor vertrek. Maar daar was nu geen tijd voor.

'Alice is in Londen voor *Fame*. Ik weet in welk hotel ze zit,' legde ik uit. 'Maar ze is vannacht niet teruggekomen naar het hotel. Dat is toch niets voor haar?'

'Nee,' zei Esther met een hoog, bang stemmetje. 'Hoe... hoe wil je dit aanpakken? Kunnen we niet beter de politie bellen?'

'Die verklaren ons voor gek: we weten helemaal niet zeker of er echt iets is, we hebben dat gevoel alleen. Dat vinden zij vast niet goed genoeg.'

'Je hebt gelijk,' zei Esther uiteindelijk. 'Oké, laten we gaan.'

'Hoe laat kun je op Schiphol zijn?' vroeg ik.

'Eh... over twintig minuten?' stelde Esther voor.

'Twintig minuten?' Ik fronste mijn wenkbrauwen. Hoe kon Esther zo snel op Schiphol zijn als ze vanuit Brabant moest komen?

'Ja, eh... ik leg het straks wel uit,' zei Esther. 'We hebben geen tijd te verliezen. Ik zie je in de vertrekhal op Schiphol. Vergeet je paspoort niet!' En met die woorden hing ze op.

Verbaasd staarde ik naar mijn telefoon. Die Esther, wie had dat gedacht. Ze was niet alleen gemakkelijker over te halen dan ik ooit had kunnen denken, ze was dus ook helemaal niet thuis, zoals ik al die tijd had gedacht. Maar langer wilde ik daar niet over nadenken, ik racete door mijn kamer, trok de bovenste kleren aan van de enorme berg schone was die in een hoek van mijn kamer lag en de schoenen die het dichtst bij me in de buurt lagen, deed mijn haren in een slordig staartje en greep mijn handtas. Ik was er klaar voor. *Alice, waar je ook bent, we komen eraan!*

Toen ik uit de trein stapte in de Schipholtunnel zag ik pas dat ik twee verschillende sokken aan had. Nou ja, jammer dan. Ik had nu wel belangrijkere dingen aan mijn hoofd. Alice vinden. Het goedmaken met Esther, als dat tenminste ooit nog echt kon.

Met een steek in mijn hart dacht ik terug aan de

nacht dat Lucas opeens voor mijn deur stond. Hij had op het matrasje naast mijn bed geslapen en ik had de hele nacht wakker gelegen. Hij was zo dichtbij, maar toch onbereikbaar. Hij hoorde niet bij mij.

Lucas zag er onweerstaanbaar uit toen hij wakker werd met schattig overeind staande plukjes haar. Ik wendde mijn blik van hem af. Hoe langer ik bij hem was, hoe erger mijn verliefdheid leek te worden. Ik wilde hem aanraken. Mijn armen om hem heen slaan. Hem kussen en hem nooit meer loslaten. Maar toch was dat ook het laatste wat ik wilde. Want hoe dichterbij Lucas kwam, hoe verder ik Esther van me wegjaagde. Ik wist wat me te doen stond.

Ik stelde voor om naar buiten te gaan, naar neutraler terrein. Ook al was er niets meer tussen Lucas en mij gebeurd sinds die ene zoen, toch voelde ik me schuldig omdat we daar samen liepen. Ik vroeg me af of Esther wist dat Lucas bij mij was. Zwijgend liepen we een tijdlang naast elkaar, en ik had het gevoel dat alle mensen die ons passeerden aan me konden zien dat wij helemaal niet samen hoorden. Dat ik een gemene bedriegster was, een verraadster. Mijn hart bonkte zo hard dat ik bang was dat iedereen om me heen het kon horen. Ik wilde heel graag weten waarom Lucas voor mijn deur had gestaan. Maar tegelijkertijd wenste ik dat het stille en onschuldige moment met z'n tweetjes eeuwig zou duren.

'Lucas,' zei ik uiteindelijk, toen ik genoeg moed had verzameld om alles eerlijk tegen hem te zeggen. 'Weet Esther dat je hier bent?'

Hij schudde zijn hoofd. 'We hebben een soort van

break,' zei hij uiteindelijk. 'We hebben allebei tijd nodig om na te denken.'

Een ijzeren vuist leek zich om mijn keel te klemmen. Hij en Esther hoorden bij elkaar, maar nu stond hun relatie *on hold*. En dat was mijn schuld. Ik dacht dat Esther verdrietig en boos was. Op mij. Ik had gedacht (en vooral gehoopt) dat alles nog goed zat tussen hen tweeën.

'Het spijt me, dat is nooit mijn bedoeling geweest.' Met pijn en moeite bedwong ik een stortvloed aan tranen. 'Ik had je nooit mogen zoenen.'

'Marieke.' Lucas hield zijn pas in en draaide zich naar me om. Zijn ogen stonden droevig. 'Maar ik kuste je terug,' zei hij. 'Het was niet alleen jouw fout. En de waarheid is...' Hij aarzelde even. 'Sinds onze kus ben ik gewoon heel erg in de war.'

Verbaasd keek ik naar hem op. Nee! Dit kon niet waar zijn!

'Je lijkt zo ontzettend veel op Esther,' ging Lucas verder. 'Natuurlijk vind ik jou ook hartstikke lief en leuk. Jullie hebben allebei iets heel speciaals.'

Tranen liepen nu over mijn wangen. Aan de ene kant was dit precies wat ik wilde horen. Dat hij mij leuk vond. Bij mij wilde zijn. Maar dat mocht niet. De gedachte aan Esthers verdriet kon ik niet verdragen. Dit was nog erger dan haar vriendje kussen. Ik was nu ook nog bezig haar vriendje van haar af te pakken.

'Ik ben verliefd geworden op Esther,' ging hij verder, 'omdat we zo veel met elkaar gemeen hebben. We passen ontzettend goed bij elkaar. Bij haar kan ik echt mezelf zijn. Esther maakt me heel gelukkig.'

Verscheurd door mijn gevoelens pakte ik zijn hand

vast en keek naar hem op. 'Lucas, ik ben gek op je. Vanaf de allereerste keer dat ik je zag.' Na deze bekentenis stopte ik even om diep adem te halen. 'Maar... ik hou nog meer van Esther. En zo te horen doe jij dat ook.'

Lucas knikte langzaam, maar zei niets.

'Hoe leuk ik je ook vind, ik weet dat je bij Esther hoort,' ging ik verder. 'En ik wil al helemaal niet dat het uitgaat tussen jullie.'

'Nee,' zei hij zachtjes. 'Dat wil ik ook niet. Ik hou van Esther. Maar jij en Alice lijken zo op haar, natuurlijk geef ik ook om jullie. Jullie horen bij Esther. Jullie horen bij elkaar.'

Ik knikte. Alice, Esther en ik, wij hoorden samen. Zonder hen was ik incompleet. Maar ik had er een puinhoop van gemaakt.

'Het is zo gek,' fluisterde ik. 'Ik dacht altijd dat er een soort beschermingsmechanisme in mij, maar ook in Alice en Esther zat. Dat we, hoe erg we ook op elkaar lijken, nooit verliefd zouden kunnen worden op dezelfde jongen. Maar dat is dus blijkbaar niet zo.'

'Daar kun jij ook niks aan doen,' antwoordde Lucas. 'Je voelt nou eenmaal wat je voelt. En ik ben eigenlijk ook wel een beetje vereerd,' zei hij met een glimlach. 'Het was ontzettend gezellig die nacht, toen ik onverwacht bij jou mocht blijven logeren en we samen uitgingen. Je bent fantastisch, Marieke, dat ben je echt. Vergeet dat nooit.'

Ik glimlachte even door mijn tranen heen om zijn lieve woorden. 'Ga terug naar huis, Lucas,' zei ik uiteindelijk, terwijl er tranen over mijn gezicht liepen. 'Het spijt me van alles.' Pas toen liet ik eindelijk zijn hand los.

'*Passengers for flight 317 please board now.*' Ik schrok op uit mijn gedachten toen ik in de vertrekhal aankwam, waar ondanks het vroege tijdstip al veel mensen waren. Mijn ogen zochten in de massa naar Esthers vertrouwde silhouet. Tranen sprongen in mijn ogen toen ik haar uiteindelijk ontdekte, ze leek onzeker tussen alle zwaarbepakte reizigers en zongebruinde vakantiegangers. We hadden elkaar nog nooit zo lang niet gezien als nu. Normaal gaven we elkaar altijd even een knuffel, nu liep ik onwennig in haar richting. Ook al hadden we nu weer contact, er was nog niets vergeven en vergeten. Alsof Esther voelde dat ik eraan kwam – misschien had ze inmiddels wel een Mariekealert – keek ze opeens naar me op. De vrolijke glimlach die meestal op haar gezicht verscheen als we elkaar zagen, bleef weg. Haar ogen stonden verdrietig en keken me afwachtend aan.

'Esther,' zei ik alleen maar toen ik recht voor haar stond. Hoewel ik het liefst mijn armen om haar wilde slaan, voelde ik dat ik dat nog beter even kon uitstellen. 'Daar is het loket van British Airways,' zei ik en ik wees ernaar. 'Ben je er klaar voor?'

Esther

'Wij vragen u vriendelijk om uw mobiele telefoon uit te schakelen,' zei de stewardess vooraan in het gangpad. Ongerust keek ik opzij naar Marieke.

'Wat nu? Straks probeert Alice ons te bellen en dan zijn we niet bereikbaar.'

Marieke haalde haar schouders op. 'We hebben Alice de afgelopen uren wel honderd keer geprobeerd te bellen. Ze zou ons allang teruggebeld hebben als haar telefoon had gewerkt.'

Bedrukt zette ik ook mijn telefoon uit. Marieke had gelijk. Wat er ook met Alice gebeurd was, het was duidelijk dat we haar telefonisch gewoon niet konden bereiken. Ik werd gekweld door ontelbare horrorscenario's die varieerden van verdwaald zijn tot ontvoering. Ik wilde maar één ding en dat was Alice vinden. Ik móést weten dat ze in orde was.

Vóór ons begonnen de stewardessen aan hun demonstratie met zwemvesten en luchtmaskers, maar ik kon me nauwelijks concentreren. Waarom duurde het allemaal zo lang? Waarom konden we niet gewoon meteen opstijgen en vertrekken? Het was nu al een paar uur geleden dat Marieke en ik ontdekt hadden dat er iets met Alice aan de hand was. Ik had het gevoel dat ik gek zou worden van ongerustheid. We moesten Alice vinden, zo snel mogelijk!

'We zitten in elk geval in het vliegtuig,' zei Marieke naast me. Blijkbaar dachten we ook nu weer hetzelfde.

Ik beet op mijn lip. Toen ik vannacht wakker schrok met het onbestemde gevoel dat er iets met Alice was gebeurd, leek mijn ruzie met Marieke totaal onbelangrijk. Plotseling had ik me niet meer kunnen voorstellen dat ik zulke gemene dingen over haar had gedacht en dat ik zelfs naar Amsterdam was gegaan om haar te bespioneren. Vannacht waren Marieke en ik voor het eerst weer eensgezind geweest. Nu we naast elkaar zaten in het vliegtuig, met geen enkele andere afleiding dan de zenuwslopende vraag 'Waar is Alice?', die we op dit moment toch niet konden beantwoorden, kon ik het gesprek waar ik zo tegenop zag niet langer uitstellen. We moesten praten en dit leek het uitgelezen moment.

'We moeten praten,' zei Marieke op dat ogenblik.

Net op dat moment begonnen de motoren te brullen en kwam het vliegtuig trillend en schokkend tot leven.

Terwijl het vliegtuig loskwam van de grond, keek ik opzij naar Marieke. Het was alsof ik in de spiegel keek. Toen ik Marieke een paar dagen geleden met Lucas door Amsterdam zag lopen, had ze er stralend en gelukkig uitgezien. Nu pas zag ik hoe moe en verdrietig ze was. Ze zag bleek, had donkere kringen onder haar ogen en had bovendien geen make-up op. Ik kon me niet herinneren Marieke de afgelopen jaren ooit zonder make-up te hebben gezien in het openbaar. Het feit dat Marieke zonder mascara de deur uit ging, was een slecht teken.

Mijn hart bloedde. Marieke was zichtbaar ongelukkig. We waren de afgelopen dagen alle drie ongelukkig en alleen geweest, en waarom? Allemaal vanwege Lucas. Hoe fout het ook van Marieke was geweest om met hem te zoenen, was het al deze ellende waard geweest? Alice en Marieke waren mijn allerbeste vriendinnen. Niemand begreep mij zo goed als zij. Als ik verdrietig was, kon niemand me beter troosten. Met niemand kon ik zo veel lol hebben als met hen. Alice en Marieke waren mijn allerbeste vriendinnen. Ook als we niet samen waren, wist ik dat ze altijd achter me stonden, dat ik altijd op ze kon rekenen, *no matter what*. Nog maar een week geleden zou ik niet geloofd hebben dat er ooit iets of iemand tussen ons in zou kunnen komen, en toch was dat gebeurd. Was Lucas dat wel waard? Als hij er niet was geweest, zouden mijn zussen en ik nu samen op vakantie zijn. Met z'n drieën, zoals het hoorde. Hoe was het mogelijk dat Lucas zo veel kapot had gemaakt? Hoe had ik dat kunnen laten gebeuren?

Marieke wierp me een voorzichtige glimlach toe. 'Ik ben blij dat je bent gekomen,' zei ze. Even dacht ik dat ze haar hand op de mijne zou leggen, maar halverwege stopte de beweging, alsof ze dacht dat ik haar weg zou duwen.

'Natuurlijk ben ik gekomen,' zei ik. 'Jij en Alice zijn de belangrijkste mensen in mijn leven.'

Marieke keek me aan, hoopvol. 'Haat je me dan niet meer?'

'Ik heb je nooit gehaat.' Mijn ogen schoten vol bij de gedachte dat Marieke dat echt gedacht had. 'Natuurlijk was ik ontzettend kwaad. Op jou en Lucas. Maar ik zou je nooit kunnen haten. Nooit.'

'Dat zou ik best begrijpen, hoor,' zei Marieke. 'Wat ik heb gedaan is onvergeeflijk.'

'Je hebt het niet alleen gedaan,' zei ik. 'Ik weet nu dat het net zo goed Lucas' schuld was.'

'Ja, maar toch... we zaten allebei fout. We hadden het nooit mogen doen.' Marieke slikte. 'Ik schrok me te pletter toen ik besefte dat ik ook verliefd op hem was. Daarom kwam ik naar huis, om het je te vertellen voordat we op vakantie gingen. Ik wilde dat je het wist. Maar toen trof ik alleen Lucas aan en toen... Het ging per ongeluk. Het was helemaal niet mijn bedoeling om hem te zoenen, Esther, dat zweer ik. Het gebeurde gewoon. Ik had geen idee dat hij mij ook...' Ze maakte haar zin niet af.

Ook al wist ik inmiddels van Lucas dat hij voor mij koos, ik vond het nog steeds moeilijk om Marieke het woord 'verliefd' in combinatie met Lucas' naam te horen gebruiken. 'Dus dat is de enige keer dat je met hem gezoend hebt?'

Marieke knikte. 'Ja, ik zweer het.'

'En de afgelopen dagen dan? Ik weet dat hij bij jou heeft gelogeerd,' zei ik.

'Was je daarom in Amsterdam?'

Ik schaamde me nu wel om het toe te moeten geven, maar als Marieke en ik alles achter ons wilden laten, moesten we nu allebei eerlijk zijn.

'Ik geef toe dat het nogal ver ging,' zei ik, terwijl ik voelde dat ik rood werd. 'Maar ik wist gewoon zeker dat hij naar jou zou gaan en ik dacht... ik reis hem achterna. Maar toen ik jullie eenmaal samen zag lopen...'

'Ik zweer dat er verder niets gebeurd is, Esther,' zei Marieke. 'Hij heeft bij me gelogeerd, maar dat was omdat hij onverwacht op de stoep stond.'

'Dat weet ik,' zei ik. 'Ik heb gezien dat hij bij je naar binnen ging.'

Mariekes mond viel open. 'Echt?'

'Eh, ja,' zei ik. 'Ik geef toe dat het niet netjes was en eh... misschien niet helemaal normaal om jullie te bespioneren. Maar ik was wanhopig.'

Marieke proestte. 'Sorry, maar dat klinkt inderdaad nogal wanhopig. Dat had ik wel eens willen zien, jij in spionnenoutfit! Hoe heb je dat nou weer aangepakt?' Ze veerde overeind. 'O, ik weet het al, je bent zeker in dat foute cafeetje tegenover mijn huis gaan zitten!'

'Het was anders hartstikke saai,' gaf ik toe. 'Ik heb uren op de loer gelegen voordat er eindelijk iets gebeurde.'

Mariekes gezicht betrok. 'Dus je hebt gezien dat Lucas naar me toe kwam.' Ze pakte mijn hand. 'Wat moet je je rot gevoeld hebben.'

'Nogal,' zei ik.

Marieke schudde haar hoofd. 'En ik had geen idee wat ik met hem aan moest! Ik wilde helemaal niet met hem afspreken. Elke minuut samen met Lucas voelde als verraad.'

En ik maar denken dat Marieke dolgelukkig en dolverliefd met hem door de stad dwaalde!

'Het voelde zo verkeerd,' zei Marieke. 'Ik had de hele tijd het gevoel dat jij ons op de een of andere manier kon zien, dat je alles wist en zag... Maar je was dus echt de hele tijd in de buurt.'

'Nou, niet de hele tijd,' zei ik, en ik wees naar mijn kapsel. 'Ik ben ook naar de kapper geweest. En eh... naar een paar kledingwinkels.'

'Leuk haar,' zei Marieke. 'Staat je enig.' Keurend hield ze een lok haar vlak naast mijn hoofd. 'Het is exact dezelfde kleur!' Toen werd haar gezicht ernstig. 'Waarom heb je dat gedaan? Je eigen kapsel was ook hartstikke mooi, hoor.'

Ik haalde mijn schouders op. 'Ik weet niet wat ik dacht. Op dat moment was ik ervan overtuigd dat Lucas jou veel mooier vond dan mij en dit was mijn plan om hem terug te stelen. Ik had het gevoel dat hij me zomaar had ingeruild voor jou. Dus ik dacht...'

We waren een tijdje stil. Toen zei Marieke: 'Hij heeft je niet ingeruild. Lucas en ik weten nu allebei dat het nooit zou werken tussen ons. Hij is verliefd op jou. Hij wil je terug.' Haar stem klonk verdrietig.

'Dat weet ik,' zei ik. 'Hij wil het weer goedmaken.'

Marieke keek me aan. 'En, wil jij dat?'

'Ik weet het niet,' zei ik. 'Hoe kan ik nu zeker weten of hij het meent, en of ik hem ooit weer kan vertrouwen? En hoe moet dat dan in de toekomst? Ik bedoel, als jij en Alice in het weekend thuiskomen en Lucas is er ook, dan...'

'Ik beloof je dat ik hem nooit meer zal aanraken,' beloofde Marieke meteen. 'Ik zal voortaan altijd minstens tien passen afstand van hem houden.'

'Dat bedoel ik niet,' zei ik. 'Ik bedoel... ben jij nog verliefd op hem?'

Marieke zuchtte diep. 'Ja,' zei ze toen eerlijk. 'Heel erg verliefd. Maar ik beloof je dat ik daar niets mee zal doen. Hij hoort bij jou.'

'Maar zou je het dan niet heel moeilijk vinden om Lucas weer te zien?' vroeg ik.

'Natuurlijk zal het moeilijk zijn,' zei Marieke. 'Maar

ik ga hem gewoon zo snel mogelijk uit mijn hoofd proberen te zetten.'

'Alsof dat zo gemakkelijk is,' zei ik. Eigenlijk drong het nu pas tot me door hoe afschuwelijk het voor Marieke geweest moest zijn om verliefd te worden op mijn vriendje. Het moest vreselijk zijn om telkens de jongen van je dromen te zien, terwijl hij hand in hand liep met je zus. Hetzelfde dus als wat ik de afgelopen dagen had gezien.

'Ik wil Lucas vergeten, want het is de enige manier voor ons allemaal om verder te gaan,' zei Marieke. Ze klonk vastbesloten. 'Ik wil niet dat jullie door mij uit elkaar gaan.'

'Ik weet niet of Lucas en ik het echt goed kunnen maken,' zei ik. Ik voelde alweer tranen opkomen. Ik kon me nog steeds geen leven zonder Lucas voorstellen, maar ik kon me ook niet voorstellen hoe het zou zijn om gewoon weer met hem af te spreken alsof er nooit iets was gebeurd. 'Hij moet eerst laten zien dat hij het meent. Dit kan ik hem niet zomaar vergeven.'

'En mij? Denk je dat je mij ooit kunt vergeven?' vroeg Marieke.

'Ik héb je al vergeven,' zei ik. Tot mijn verbazing besefte ik dat ik eigenlijk veel bozer op Lucas was dan op Marieke. Ik had gedacht dat ik Marieke nooit zou kunnen vergeven, maar nu ik eenmaal naast haar zat wilde ik nog maar één ding en dat was dat alles weer goed was tussen ons, ook al had ze met Lucas gezoend. 'Ik ben ontzettend boos geweest, maar jij kunt er ook niets aan doen dat je verliefd op hem bent geworden. Als iemand dat begrijpt, ben ik het wel.'

Marieke begon te huilen. 'Meen je dat?'

Ik begon ook te huilen,van opluchting. 'Ja. Ik wil nooit meer ruzie. Er mag nooit meer iemand tussen ons in komen, zelfs Lucas niet.'

'Beloofd,' zei Marieke.

En toen omhelsden we elkaar eindelijk. Voor het eerst in dagen voelde ik me een beetje beter, alsof alle scherven waarin ik uiteen was gevallen voorzichtig bij elkaar werden geraapt. Ik hield Marieke stevig vast.

'Wist je trouwens dat Lucas twee broers heeft?' zei ik.

Er verscheen een brede glimlach op Mariekes gezicht. 'Dat is goed om te weten, maar ik geloof dat ik voorlopig maar even single blijf!'

Twintig minuten later landde het vliegtuig op London Heathrow. Voor de zekerheid probeerde ik eerst Alice nog een keer te bellen, voor het geval ze nu wel opnam. Helaas kreeg ik opnieuw een bandje te horen met de boodschap dat het nummer niet in gebruik was. Nog steeds hoopte ik dat dit alleen betekende dat Alice ergens was waar ze geen bereik had, of dat ze haar telefoon verloren had of zoiets onschuldigs. Maar eigenlijk geloofde ik dat niet echt. Waarom zouden Marieke en ik anders allebei dat onheilspellende gevoel hebben? Er was iets gebeurd, en we moesten zo snel mogelijk ontdekken wat.

We hadden alleen handbagage bij ons, dus we hoefden gelukkig niet eindeloos op onze koffers te wachten. Dat was maar goed ook, want we hadden geen tijd te verliezen. Nu we eenmaal in Londen aangekomen waren, kon ik de gedachte dat Alice hier ergens in haar eentje was bijna niet verdragen.

'Oké,' zei ik. 'En nu?'

'Nu nemen we een taxi naar dat hotel. Wie weet is Alice inmiddels teruggekomen,' zei Marieke. Ze zocht in haar handtasje, dat weer eens uitpuilde met allerlei zinloze dingen. Ze diepte een verfrommeld papiertje op, met daarop de naam en het adres van het hotel.

'Daarheen.' Marieke begon te lopen en ik rende haar achterna door de drukke ontvangsthal.

Eenmaal buiten liep Marieke naar een taxi, alsof ze nooit anders gedaan had. *'To Quality Crown Hyde Park, please,'* zei ze, en ze stapte in.

Ik liep om de taxi heen zodat ik naast Marieke op de achterbank kon zitten, want onder geen voorwaarde ging ik naast de bestuurder zitten, een of andere griezel met tatoeages in zijn nek en één wiebelige gouden tand. De bestuurder gaf gas zodra ik zat, zodat Marieke en ik in de kussens werden gedrukt.

De taxichauffeur hield blijkbaar nogal van tempo, want zijn voet leek vastgekleefd aan het gaspedaal, ondanks rode stoplichten en voetgangers. Zelfs ík was niet zo gevaarlijk achter het stuur. Ik moest mezelf vasthouden aan de stoel voor me om niet door de auto geslingerd te worden. Ik was mezelf dankbaar dat ik niet op de dodenstoel was gaan zitten.

'Can you slow down, please?' vroeg ik aan de taxichauffeur, maar zijn blik was gekluisterd aan een tv (een tv!) voor in de auto. Wat was dit voor een taxichauffeur die niet naar de weg maar naar voetbal keek, terwijl hij door de straten van Londen scheurde?

'We have family at home, you know,' brulde Marieke naar de bestuurder, toen hij rakelings langs een bus schoot, zo'n dubbeldekker die je altijd in films ziet.

De taxichauffeur draaide zich stralend om. '*Yes, I have a family too. Look!*' Hij hield ons een beduimeld fotootje van een tandeloze baby voor, terwijl hij ondertussen bijna een ongeluk veroorzaakte.

'*Please look at the road!*' riep ik. We waren naar Londen gekomen om Alice te redden, niet om zelf gered te moeten worden.

De man draaide zich gelukkig weer om naar het stuur en voorkwam nog net dat we tegen de auto voor ons knalden.

'Nou, nog even en het Esther & Marieke Rescue Team heeft zelf redding nodig,' zei Marieke spottend.

'Ik wil eruit!' zei ik. '*Please stop right here, mister! We want to get out of the car!*' Het kon me niet meer schelen of dat misschien onbeleefd was.

'*But we're not at the hotel yet,*' zei de man, alweer over zijn schouder kijkend in plaats van naar de weg.

'*We know that. We just want to leave,*' zei Marieke.

Zijn gezicht betrok. Kennelijk hadden we hem beledigd, want hij zei niets meer.

'*Hello? Did you hear me? We want to get out of the car, please,*' herhaalde Marieke. Toen er nog steeds geen reactie kwam, keek ze vragend naar mij.

'Wat een engerd,' fluisterde ik, hoewel dat nergens op sloeg, want die kerel kon ons natuurlijk toch niet verstaan.

'Hij is vast bang dat hij een paar extra euro's misloopt,' zei Marieke minachtend.

Op dat moment drong er iets cruciaals tot me door en geschrokken sloeg ik mijn hand voor mijn mond. We hadden iets over het hoofd gezien en ik wist nu pas wat.

'Marieke! Ze hebben hier geen euro's! We kunnen die man helemaal niet betalen!'

'Natuurlijk wel. We betalen hem gewoon met euro's,' zei Marieke kalm.

'Maar die accepteert hij vast niet,' zei ik. 'Dan moet hij die euro's eerst gaan wisselen voordat hij ze kan gebruiken.'

'Dan doet hij dat maar even,' zei Marieke. 'We hebben niets anders waarmee we hem kunnen betalen, dus dat is dan jammer voor hem.'

Ik wist zeker dat die kerel het wel meer dan 'jammer' zou gaan vinden, toen de taxi eindelijk tot stilstand kwam. De man wees ons op een tellertje in zijn dashboard.

'*Twenty pounds please*,' zei hij.

'Nou ja, wat een afzetter,' zei Marieke.

'Gelukkig kunnen we hem niet eens betalen,' zei ik sarcastisch.

Marieke deed alsof ze me niet hoorde. 'Doe jij de deur vast open, maar stap nog niet uit. Ren weg als ik het zeg.'

'Wacht nou!' zei ik paniekerig, maar Marieke pakte onverstoorbaar haar portemonnee en stopte een briefje van twintig euro in zijn hand. '*There you go*,' zei ze met een brede glimlach.

De man keek argwanend naar het geld, maar Marieke brulde: 'Rennen!' en ik gooide de deur open en sprong uit de auto op een megadrukke stoep, waarbij ik bijna over een hond en vervolgens bijna over zijn baasje struikelde.

Marieke rende me al voorbij. 'Sneller!'

Achter ons begon de taxichauffeur te schelden en ik

zag hoe hij al half uit zijn auto kwam om ons achterna te gaan. Ik schoot tussen de voetgangers door en volgde het felroze jasje van Marieke. Het was maar goed dat ze zo'n opvallende jas had.

Buiten adem renden we het hotel binnen. Een deftige man in een lakeiachtig pak keek ons vragend aan.

'Hè hè,' zei Marieke hijgend. 'Wat een gedoe!'

'Hij kan ons hier gewoon achterna komen,' zei ik angstig. 'Hij weet dat we in dit hotel moesten zijn.'

'Welnee, hij komt ons echt niet achterna,' zei Marieke, maar ik zag dat ze toch bezorgd over haar schouder keek. 'Kom, niet meer over die kerel piekeren. We zijn hier voor Alice.'

Nog nahijgend liepen we naar de balie, waar de deftige man snel een formele glimlach tevoorschijn toverde.

'*How can I help you, ladies*?' vroeg hij. Hij zag eruit alsof hij James heette.

'*We'd like to visit one of your guests,*' zei Marieke. '*Alice Verhoeven. Can you please tell us in which room she is staying*?'

De glimlach leek wel vastgeplakt op zijn gezicht. '*I'm afraid I can't give you this information. We have to guarantee the privacy of our guests.*'

Marieke zond hem een woeste blik. '*That's nice, but it's an emergency. I'm afraid that "privacy" isn't Alice's biggest concern at this moment.*'

'*I'm sorry, ladies, but I'm afraid I can't help you,*' zei James. Toen knikte hij naar iemand achter ons. '*Who's next*?' En hij wuifde ons doodleuk opzij.

Nou, dat ging een stuk minder gemakkelijk dan ik me had voorgesteld…

'Wat een kwal!' zei Marieke, en ze deed een perfecte

imitatie van de man, helaas net iets te hard. Snel trok ik haar mee naar de toiletten. We hadden er niets aan als die kerel ons het hotel uit schopte.

De toiletten waren superchique. Er klonk klassieke muziek en de kranen waren van goud.

Marieke wierp één blik in de met goud omlijste spiegels en kreunde. 'Niet te geloven! Is dát mijn spiegelbeeld? Geen wonder dat dat hotelmannetje zo onbeleefd tegen ons deed. Ik zie eruit als een zwerver.'

Ik keek voorzichtig in de spiegel. Mijn haar was één pluizige massa, maar daar kon ik op dit moment niet mee zitten.

'Heb jij misschien haarlak bij je?' vroeg Marieke. 'En een borstel? En eh, mascara?'

'Nee,' zei ik. 'Dat koop je straks maar ergens.'

'Waarmee?' jammerde Marieke. 'We hebben alleen maar euro's!'

Ik rammelde haar door elkaar. 'Luister nou! We moeten die kerel zien te omzeilen!'

Marieke kwam gelukkig weer bij haar positieven. 'Je hebt gelijk. Zeg, hoeveel geld heb jij op je rekening staan?'

'Eh, niet veel,' zei ik. 'Ik heb bijna alles wat ik gespaard had uitgegeven aan onze vakantie die...'

'Maar heb je genoeg om een nachtje in dit hotel te kunnen slapen?' onderbrak Marieke me.

Eindelijk begreep ik waar Marieke heen wilde. 'Aha, we boeken hier gewoon zelf ook een kamer! En dan kunnen we ongestoord naar Alice zoeken!'

'Precies!' Geestdriftig trok Marieke me mee, terug naar de balie. De man begroette ons met dezelfde plastic glimlach, alsof hij ons nog nooit had gezien.

Marieke toverde een net zo neppe lach op haar gezicht. '*We would like to have a room please,*' zei ze.

'*Wonderful,*' zei James, en hij strekte zijn hand uit om onze paspoorten aan te nemen. Natuurlijk had Marieke de hare niet paraat en ze keerde haar bomvolle tasje om, boven op zijn keurige balie. De man rolde, met het neplachje nog steeds op zijn gezicht, met zijn ogen en draaide zich om om eerst een andere klant te helpen, een kakmadam met een chihuahua in haar handtasje.

Ik voelde me opgelaten. 'Hoe kun je je paspoort nu alweer kwijt zijn, vanmorgen had je hem nog,' zei ik tegen Marieke.

'Ik heb gewoon te veel spullen,' zei Marieke, terwijl ze in de berg op de balie graaide. Haar gezicht lichtte op. 'Kijk eens! Ik heb lipgloss bij me! Er is nog hoop!' En ze schroefde het dopje ervan af. Een chemische aardbeiengeur verspreidde zich.

'Heel fijn.' Net toen ik, in navolging van James, met mijn ogen wilde rollen, verscheen er een meisje achter de balie, dat verwonderd naar ons keek.

'*Miss Verhoeven, how lovely to see you again!*' zei ze tegen mij. Toen zag ze Marieke en haar ogen werden groot. '*Is that your sister? Are you twins? How wonderful!*'

Marieke en ik keken elkaar aan. Dit meisje had Alice gezien, en ze dacht dat ík Alice was! Dit was onze kans! We wierpen een schichtige blik op James, maar hij stond te slijmen met de chihuahua-mevrouw en lette niet op ons.

'Yes!' riep Marieke snel. '*We are twins!*'

We wisselden een snelle blik. Ik begreep meteen wat

Mariekes bedoeling was. Als ik me uitgaf voor Alice was de kans dat we de kamersleutel zouden krijgen een stuk groter. Nu alleen maar hopen dat James niet op ons lette. Hij had ons tenslotte de eerste keer afgepoeierd. Ik wierp een schichtige blik opzij.

'*Are you all right?*' vroeg het meisje. '*You must be tired, you've been out all night. Here's your key.*'

Marieke gaf me een stomp toen ik niet meteen reageerde.

'*Thank you*,' zei ik, en ik nam de sleutel van haar aan, die geen echte sleutel was maar een pasje. Ik kon niet geloven dat het zo gemakkelijk gelukt was!

Marieke maaide met één armbeweging de berg spullen en mijn paspoort terug in haar tasje en toen liepen we naar de lift naast de balie. Gelukkig gingen de deuren meteen open en we struikelden haast naar binnen. In de lift klonk ook weer klassieke muziek.

Alice bleek een kamer te hebben op de zevende verdieping. Marieke haalde diep adem en opende de deur. Stil gingen we naar binnen. Het was meteen duidelijk dat Alice hier was geweest. Ik herkende haar koffer en op het bed lagen een paar jurken, alsof ze had getwijfeld wat ze aan zou trekken.

'Hier ligt iets!' Marieke pakte een kaart van Alice' nachtkastje. 'Het ziet eruit als een uitnodiging voor een of ander feest. Gisteravond. Kijk!'

Ik griste de uitnodiging zowat uit Mariekes handen. 'Staat er een adres of telefoonnummer op? Misschien weten ze daar meer.'

Op dat moment hoorden we echter hoe iemand op de gang een pasje in de deur stak. Als bevroren bleven we staan.

'Vlug!' siste Marieke. 'Verstop je! Het is vast die kerel van de receptie die de boel niet vertrouwde!'

We lieten ons op de grond vallen en doken achter het bed. Net op tijd, want de deur zwaaide open en we hoorden voetstappen de kamer in komen. Zou het Alice zelf zijn? Hoopvol gluurde ik over de rand van het bed. Het was een of andere jongen die, met zijn rug naar ons toe, voorovergebogen in Alice' koffer stond te graaien! Wat kregen we nou?

Voordat ik het wist, was Marieke al overeind gekomen. Ze sprong op het bed en van het bed boven op de jongen, die schreeuwend voorover viel, met Marieke languit over zich heen.

'Wat heb je met mijn zus gedaan, smeerlap?' riep Marieke.

'Ga van me af, ga van me af!' brulde de jongen, en hij slingerde Marieke van zich af.

Marieke rolde op de grond, maar ze stond meteen weer op en griste Alice' borstel van het nachtkastje en richtte hem als een wapen op de jongen. 'Wat heb je met Alice gedaan? Zeg op!' Ik ging naast haar staan. Ik had niets om me mee te verdedigen, maar ik kon het Marieke moeilijk in haar eentje laten opnemen tegen deze indringer.

De jongen, die razendsnel overeind gekomen was, stond ons met open mond aan te staren. 'Wat is dit?'

'Wie of wat ben jíj, zul je bedoelen?' vroeg Marieke. 'Waar is Alice?'

Er verscheen een brede grijns op zijn gezicht. 'Wacht eens even, jullie zijn Esther en Marieke!'

'En jij bent?' vroeg Marieke, nog steeds strijdlustig met de borstel in haar hand.

'Ik ben Maarten. Een eh... vriend van Alice.'

'Waarom hebben we dan nog nooit van je gehoord?' vroeg ik.

'We kennen elkaar nog maar net,' zei Maarten. 'Ik ben hier voor hetzelfde interview als Alice. Ik schrijf voor *HitMusic* en we hebben de laatste dagen samen opgetrokken.'

'O,' zei Marieke, en ze liet de borstel zakken. 'Hoe kom je dan aan Alice' kamersleutel?'

'Gewoon, ik heb de receptie om een reservesleutel ge–'

'En waar is Alice nu?' onderbrak ik hem. 'Weet jij waar ze is?'

'Kun je ons naar haar toe brengen?' vroeg Marieke. 'Nu meteen?'

'Kom maar mee,' zei Maarten.

Even later zaten we samen met Maarten in een taxi (gelukkig een andere), die ons tot mijn grote schrik naar een ziekenhuis bracht. Alice lag in het ziekenhuis!

Maarten vertelde ons wat er was gebeurd. 'We waren gisteravond op een feestje en Alice ging even naar buiten voor frisse lucht. Ik vond dat ze wel erg lang wegbleef en toen ben ik haar gaan zoeken...'

'Wat is er dan gebeurd?' onderbrak Marieke hem.

'Ze is beroofd,' zei Maarten. 'Toen ik haar vond, lag ze bewusteloos op straat. Ze is waarschijnlijk geduwd en toen met haar hoofd tegen een muur gekomen. Of eh... op de stoep. Dat weet ik niet.'

'Bewusteloos op straat?' herhaalde ik. Ik klonk waarschijnlijk nogal hysterisch, want Maarten schoof een stukje bij me vandaan.

'Eh, ja. Maar het valt mee. Ze heeft waarschijnlijk een hersenschudding. Ik denk dat ze snel weer naar huis mag.'

Ik voelde me verschrikkelijk schuldig. Terwijl ik in Amsterdam medelijden met mezelf had lopen hebben, was Alice beroofd en bewusteloos geslagen terwijl ze helemaal alleen in het buitenland was. Ik had niet eens geweten dat ze in Londen was, terwijl we normaal ge-sproken alles van elkaar wisten. Hoe had het zover kunnen komen? Alice moest zich heel erg alleen heb-ben gevoeld, terwijl Marieke en ik ons alleen maar met Lucas en met elkaar hadden beziggehouden. Het idee dat Alice gewond in het ziekenhuis lag, was zo afschu-welijk dat alles wat er met Lucas gebeurd was erbij ver-bleekte. Ik wilde nog maar één ding en dat was Alice vasthouden en haar vertellen hoe erg het me speet.

Marieke en ik sprongen uit de taxi, zodra die tot stilstand gekomen was voor de ingang van het zieken-huis.

Maarten ging ons voor naar binnen. 'Die kant op!'

Marieke en ik stoven voor hem uit de gang door.

'*Miss, you're not allowed to run here*!' riep een ver-pleegster ons na, maar we luisterden niet. Niets of niemand hield ons nu nog bij Alice vandaan. We wa-ren de juiste kamer al voorbij toen Maarten ons terug-riep. 'Ze ligt hier!'

Haastig renden we weer terug, Maarten achterna. En daar was Alice dan eindelijk. Ze lag in een zieken-huisbed, met verband om haar hoofd. Ze had haar ogen dicht en zag er klein en breekbaar uit.

'Alice!' Marieke klom op Alice' bed en ging naast haar liggen, met haar armen om Alice heen.

'Sst, maak haar nou niet wakker,' zei ik, maar het was al te laat. Alice deed haar ogen open. Ze keek ons verbaasd aan.

'Esther? Marieke? Hoe kunnen jullie nou hier zijn?' Ze keek ongelovig naar Maarten. 'Heb jij ze gebeld?'

Maarten schudde zijn hoofd. 'Nee, ze zijn zelf gekomen.'

Alice keek verward. 'Maar... hoe wisten jullie dan dat ik hier was?'

'Dat doet er nu even niet toe,' zei ik, en ik pakte haar hand vast. 'Hoe voel je je?'

'Ik heb zo'n hoofdpijn,' zei Alice. 'En ik ben zo geschrokken.' Ze begon te huilen. 'Die overvaller heeft mijn handtasje meegenomen. Ik ben alles kwijt! Alles zat erin: mijn paspoort, mijn pinpasje en mijn Hello Kitty-telefoon!'

'We kopen wel een nieuwe voor je,' zei Marieke. 'En dat paspoort is vast ook wel te regelen.'

'Ja, we vragen gewoon een noodpaspoort voor je aan,' zei Maarten. 'En je moet aangifte doen.'

'Maar ik kan me bijna niets herinneren,' zei Alice. 'Het was donker en alles ging zo vlug. Ik weet nauwelijks hoe ze eruitzagen.'

'Dat aangifte doen komt wel. Eerst moet je weer helemaal beter worden,' zei ik. 'Wij blijven bij je en zodra je je beter voelt, gaan we lekker naar huis.'

'Ik ben zo bang geweest,' zei Alice snikkend. 'En Julius... hij heeft...'

'We weten wat Julius gedaan heeft,' zei ik. 'Marieke heeft hem gebeld.' Ik pakte Alice' hand. 'Ongelooflijk wat er is gebeurd! Ik vind het zo erg voor je.'

'Je had ons moeten bellen, Alice,' zei Marieke. 'Ik

weet wel dat wij onredelijk en egoïstisch bezig waren, maar je moet nooit meer alleen rondlopen met dit soort dingen.'

'Hebben jullie het goedgemaakt?' vroeg Alice.

Marieke en ik keken elkaar aan. 'Ja, gelukkig wel,' zei ik. De hectische nacht en onze chaotische zoektocht naar Alice hadden ons weer dichter bij elkaar gebracht, misschien wel dichter dan ooit tevoren.

'Gelukkig!' zei Alice hartgrondig. Toen keek ze naar mij. 'En hoe zit het met Lucas?'

Ik haalde mijn schouders op. 'Misschien komt het tussen Lucas en mij ook nog wel goed. Maar voor nu is het het allerbelangrijkst dat wij weer samen zijn. Er mag nooit meer een jongen tussen ons in komen!'

'Dat lijkt me een goed idee,' zei Alice. En toen hielden we elkaar stevig vast, met Alice tussen ons in.

Alice

'Goedemorgen!' Ik werd wakker toen Christine mijn kamer binnen kwam, met een groot dienblad in haar handen. 'Tadáá, hier is een ontbijtje!'

Ik glimlachte. 'Wat lief. Dat hoeft toch helemaal niet.' Ook al had ik nog steeds hoofdpijn, ik kon best zelf een boterham smeren.

'Welles,' zei Christine. 'Ik heb je zussen beloofd dat ik goed op je zou passen. En ik hou me altijd aan mijn beloftes.'

Ze ging naast me op het bed zitten en ik knuffelde haar even. 'Je bent de allerliefste vriendin van de hele wereld.'

'Nee, jij!' zei Christine.

'Jij altijd tien keer liever dan ik,' zei ik.

'Niet eerlijk!' Ze lachte, maar langzaam verscheen er een serieuze blik in haar ogen. 'Ik heb je gemist. Sinds we elkaar kennen, heb ik je nog nooit drie hele weken niet gezien.'

Ik knikte. 'Weet ik.'

'Je moet me voortaan meteen bellen hoor, als je ooit nog eens zo'n Julius-actie meemaakt.'

'Zal ik doen. Het is gewoon... Je klonk zo blij in die sms'jes. Ik wilde je vakantie niet verpesten. Maar ik moet toegeven dat het fijn is dat jij en mijn zussen het nu weten.'

'Ik ga alles doen om je op te vrolijken! Zeg het maar als ik iets voor je kan doen. Je mag alles vragen.'

'Alles?' vroeg ik. 'In dat geval... Vertel me dan alles over je Griekse lover. Ik ben meganieuwsgierig!'

Christine straalde. 'O Alice, ik ben zo ontzettend verliefd. Ik kan nergens anders meer aan denken en ik krijg geen hap meer door mijn keel. Elke vijf minuten check ik of Daan heeft ge-sms't. Ik ben serieus bang voor de hoogte van mijn telefoonrekening. Maar goed, hij is eigenlijk niet Grieks. Hij komt gewoon uit Nederland en was daar ook op vakantie. Hij woont in Enschede, dus ik kan hem opzoeken. We spreken binnenkort wat af.'

'Heb je een foto?' vroeg ik. 'Laat zien!'

Christine pakte haar paarse mobieltje van het dienblad en liet me trots een fotootje van een blonde jongen zien.

'Wauw,' stamelde ik. 'Hij kan zo in een Axe-reclame!'

'Ja, hè?' zwijmelde Christine. 'Hij is zo leuk, ontzettend grappig en ook nog superromantisch. Hij is...' Haar gezicht betrok. 'Sorry. Ik zit hier verliefd te doen terwijl jij een gebroken hart hebt.'

Ik wuifde haar woorden weg. 'Doe niet zo raar. Ik ben juist blij voor je! En jij kunt er ook niks aan doen dat Julius totaal geflipt is.'

Christine haalde haar schouders op. 'Maar toch. Het is zo oneerlijk. Je hebt helemaal niks verkeerd gedaan.'

'Weet ik.'

'Achterlijk dat hij je niet geloofde. Als je jou ook maar een beetje kent... Je zou hem toch nooit bedriegen?'

Mijn blik dwaalde af naar de foto op mijn nacht-kastje. Julius lachte me vrolijk tegemoet. Kennelijk volgde Christine mijn blik, want ze stond op en gooi-de de foto in de prullenbak, met lijstje en al. 'Weg er-mee! Die loser is jouw tranen niet waard!'

Ik voelde tranen in mijn ogen prikken. Heerlijk zo-als Christine onvoorwaardelijk aan mijn kant stond. 'Dat weet ik, maar het is toch klote. Ik snap nog steeds niet dat het zo heeft kunnen eindigen.'

Ze knikte instemmend. 'Ik begrijp er ook niks van. Maar ik ga je opvrolijken. Vandaag is het Vergeet-Juli-us-Dag! Of beter gezegd: Alice-Opvrolijk-Dag. We gaan shoppen, ijs eten, muffins bakken en naar de bioscoop. Dan heb je gewoon geen tijd om aan sukkels te denken.'

Toen Christine na een tijdje opstond om te gaan douchen, sleepte ik mezelf ook uit bed. Zodra ik de douche hoorde lopen, viste ik de foto uit de prullen-bak. Er zat een kreuk in Julius' gezicht. Tegen beter weten in schoof ik de foto in mijn notitieboek. Het was te vroeg om hem zomaar weg te gooien.

Nadat ik me had aangekleed, startte ik mijn computer op. Toen ik mijn Hyves-pagina checkte, concludeerde ik dat ik de status in mijn profiel weer in 'single' moest veranderen. Zucht. Best confronterend, zo'n Hyves-pagina!

Tegen beter weten in besloot ik de pagina van Juli-us te bekijken. Ook hij had zijn status in single veran-derd, zag ik. Dat stak toch wel een beetje. Zo te zien had hij alle foto's waar we samen op stonden verwij-derd. Ik voelde tranen opwellen in mijn ogen. Had hij me zomaar uit zijn leven gedeletet?! Met een schok constateerde ik dat er nieuwe foto's geplaatst waren, waarschijnlijk gemaakt in een kroeg. Julius, met zijn arm om een blond meisje geslagen. Had hij nu al iemand anders? Ik klikte door en kwam nog meer foto's tegen. Julius, met wel drie verschillende mooie meisjes. Geweldig! Terwijl ik werd beroofd en in het ziekenhuis lag, me ellendig en alleen voelde, zette hij gewoon de bloemetjes buiten. Een nieuwe golf van woede overspoelde me. Ik sprong op, pakte mijn prullenbak en begon alle spullen die ik ooit van Julius had gekregen te verzamelen. Een Hello Kitty-knuffel die hij op de kermis voor me had gewonnen, kaarten met hartjes en zoenlippen erop, een plastic bosje rozen. Weg ermee! Ook de foto's op mijn prikbord moesten eraan geloven.

Op dat moment kwam Christine binnen. 'Wat ben je aan het doen?' Ze wierp een blik op mijn computerscherm. 'O nee. Je hebt het dus gezien. Shit!'

Ik knikte en veegde een traan van mijn gezicht. 'Wat hij kan, kan ik ook. Ik verwijder hem uit mijn leven.'

'Goed zo,' zei Christine. Ze begon me te helpen de foto's van mijn prikbord te halen. Ze dwarrelden één voor één in de prullenbak. Alleen die van mijn zussen, Christine en andere vriendinnen mochten blijven hangen. Toen we klaar waren, keken we elkaar aan.

'En nu?' vroeg ik.

Christine glimlachte. 'Nu kan de grote Alice-Opvrolijk-Actie beginnen.'

Even later struinden we samen door de stad. Christine sleurde me mee naar al mijn favoriete winkels. We pasten jurkjes, zomerse shirtjes en bikini's, en lunchten bij de bakker op de hoek, waar ze de lekkerste puddingbroodjes ooit verkochten. Maar hoe Christine ook haar best deed, mijn gedachten dwaalden toch steeds af naar Julius. Alles deed me aan hem denken! De ijssalon, waar we vaak samen geweest waren. De pizzeria waar we voor het eerst uit eten gingen. De tweedehandsboekwinkel, waar hij naar exclusieve kookboeken speurde. Ik zuchtte. Hier in Tilburg was Julius vergeten een stuk moeilijker dan in Londen.

'Stop!' zei Christine. 'Je denkt weer aan hem, ik zie het aan je ogen.'

'Betrapt,' zei ik zacht.

'Aan Julius denken, dat is nou juist wat je níét moet doen. Zodra hij je gedachten binnen sluipt, moet je jezelf dwingen aan iets anders te denken.'

Ik zuchtte opnieuw. 'Waaraan dan?'

'Eh, ga een liedje zingen! Van zingen worden mensen vrolijk, las ik laatst in een tijdschrift. Kom, ik doe wel mee.'

Enthousiast begon Christine te zingen. Dat andere winkelende mensen naar haar keken, kon haar kennelijk geen barst schelen. Ze gebaarde dat ik mee moest doen. Voorzichtig begon ik ook te zingen. Het voelde raar en tegenstrijdig, zingen als je niet vrolijk bent. Twijfelend keek ik naar Christine, die inmiddels danspasjes en theatrale armbewegingen aan haar act had toegevoegd. Ik moest lachen en ze keek vrolijk mijn kant op. 'Zie je wel, het werkt!'

Ik lachte terug. Ik zou Christine nooit meer willen missen.

Een heleboel impulsaankopen later, struinde ik door de supermarkt. Christine moest nog even naar de tandarts, dus besloot ik alvast de ingrediënten voor de muffins te gaan kopen.

Roomboter, bloem, kristalsuiker; ik vinkte de producten af op mijn boodschappenlijstje. Op naar het glazuur en de versiersels!

Net toen ik een potje eetbare glitters vastpakte, ving ik door het schap heen een glimp op van een Julius-achtige jongen. Concert T-shirt, warrig haar, die glimlach... Hm, hij leek er verdacht veel op. Toen hij wat dichterbij kwam, wist ik het zeker. Het was hem echt! Geschrokken dook ik weg achter de pakken cacao. Mijn hart bonkte en pas na een halve minuut durfde ik weer te kijken. Julius en zijn beste vriend Jan-Jaap stonden bij de chipsafdeling. Wat deed Julius hier? Hij zou toch minstens drie weken in Frankrijk blijven? Kennelijk had hij zijn plannen gewijzigd. Nu moest ik zien te voorkomen dat hij me zag. Ik was nog niet klaar voor een confrontatie en had zeker geen zin in nog meer beschuldigingen.

Verward gluurde ik nog een keer tussen de producten door. Julius. Hij zag er weer gewoon uit als zichzelf. Hij lachte om iets wat Jan-Jaap zei. Zijn lach was weer zoals ik van hem gewend was. Geen spoor meer van de boze Julius met zijn kille ogen. Ik schrok op toen een medewerker van de supermarkt voorbijliep. Ik moest hier zo snel mogelijk weg! Ik sloop de gang uit, richting de rij met schoonmaakmiddelen, in de hoop niet opgemerkt te worden. Ik zou gewoon wachten tot die twee klaar waren met hun boodschappen en dan afrekenen, dat was het beste. Ik concentreerde me zo erg op waar Julius zich bevond, dat ik niet goed op mijn omgeving lette en per ongeluk tegen een toren van toiletrollen op botste. Tot mijn grote schrik stortte de toren in, en begon de piramide met wc-eend ernaast ook te wankelen. Met veel kabaal vielen de plastic flessen op de grond. Terwijl ik in het midden van de ravage stond, zag ik hoe iedereen naar me keek. Mijn wangen gloeiden.

'Hé Alice!' Ik schrok op toen ik Jan-Jaaps stem hoorde. 'Hé Juul, kijk eens wie hier is!'

O nee! Snel keek ik om me heen of ik mezelf nog uit deze situatie kon redden, maar mijn hoop vervloog toen Julius kwam aangesneld. Zijn ogen lichtten op toen hij me zag.

'Alice, je bent terug!' Aan zijn stem hoorde ik dat hij opeens zenuwachtig was. Toen ik niet reageerde, deed hij een stap dichterbij. 'Hoe is het nu met je? Waar was je nou?'

Opeens voelde ik woede opborrelen. 'Alsof jou dat wat kan schelen,' zei ik ijzig, terwijl ik zo waardig mogelijk over de toiletrollen heen stapte en weg begon te lopen. Maar Julius was sneller en pakte me bij mijn arm.

'Wacht even! Ik eh... Ik heb me zo veel zorgen om je gemaakt. Toen Marieke belde en niet wist waar je was... Ik nam aan dat je naar huis zou gaan. Ik heb geen oog meer dichtgedaan. Ik was bang dat je iets vreselijks was overkomen.'

Ik draaide me om en keek recht in zijn ogen. 'O ja? Toen je me vals beschuldigde en zomaar wegstuurde in Frankrijk, kon dat je anders niks schelen.'

Die was raak, want Julius' gezicht betrok.

'Ik eh… Ik kijk even daar.' Jan-Jaap wist niet hoe snel hij zich uit de voeten moest maken, hij wilde duidelijk geen getuige zijn van deze pijnlijke situatie. Een vrouw met een overvolle boodschappenkar dacht daar kennelijk anders over, want zij bleef juist staan om naar onze scène te kijken.

Julius pakte mijn handen. 'Het spijt me. Ik weet dat het verkeerd was. Dat had ik nooit mogen doen.'

'Inderdaad,' zei ik, terwijl ik me losrukte. 'Ik ga naar huis. Christine wacht op me.' Haastig zette ik mijn mandje neer en ik vluchtte de winkel uit. Dan maar geen boodschappen. Buiten probeerde ik met trillende handen mijn fietsslot open te krijgen en fietste toen zo hard als ik kon terug naar het appartement.

Toen ik thuiskwam, rook ik duidelijk de geur van aftershave. Hm. Er was een jongen in ons huis. Maar wie? Ik hoorde Christine lachen in de woonkamer en deed voorzichtig de deur open om te kijken. Christine zat met een blonde jongen op de bank en ze keken megaverliefd naar elkaar.

'Alice!' Christine sprong op toen ze me zag. 'Kijk eens wie hier is! Daan! Hij is speciaal voor mij naar Tilburg gekomen.'

Ik kwam dichterbij om hem een hand te geven. 'Hoi, ik heb al veel over je gehoord,' zei ik.

'Ik ook over jou,' zei Daan. 'Leuk om de beste vriendin van Christine te ontmoeten.'

Ik glimlachte. Noemde Christine mij haar beste vriendin? Buiten mijn zussen had ik natuurlijk wel vriendinnen, maar een echte beste vriendin, van mezelf alleen… Dat was nieuw!

'Ook leuk om jou te zien. Da's toch anders dan op zo'n klein fotootje.'

Daan richtte zich weer op Christine. 'Ik heb een verrassing voor je, ga je mee?'

Christine keek dolgelukkig. 'Echt? Wat dan?'

'Dat zeg ik natuurlijk niet, want dan is het geen verrassing meer.' Daan pakte Christines hand en trok haar van de bank. 'Kom.'

'Wacht!' Christine keek hem ernstig aan. 'Ik kan niet weg. Ik heb beloofd dat ik Alice zou opvrolijken. We zaten nog midden in de grote Alice-Opvrolijk-Actie.'

'O nee, het geeft niet. Ga maar!' zei ik snel.

'Je mag ook mee, als je wilt,' stelde Daan voor. Christine knikte heftig. Maar nee, ik wilde haar romantische moment niet verpesten. En in mijn eentje met een dolverliefd stelletje op stap, dat leek me niet zo'n goed plan.

'Nee, hoor. Gaan jullie maar lekker met z'n tweetjes. Ik bel Esther en Marieke, dat komt helemaal goed.'

Christine keek me twijfelend aan. 'Weet je het zeker?'

'Heel zeker. Morgen is er weer een dag.'

Christine omhelsde me en ging er samen met Daan vandoor.

Net toen ik Marieke wilde bellen, ging mijn telefoon. Julius. Ik had geen zin om op te nemen. Wat dacht hij wel? Dat ik nu gezellig met hem zou gaan kletsen? Nee, bedankt! Ik drukte hem weg en belde Marieke.

'Dat meen je niet!' riep Marieke uit, nadat ik haar over de confrontatie in de supermarkt had verteld.

'Ja, echt,' zei ik.

'Pff, wat een sukkel. Niet opnemen, hoor! Hij heeft vast spijt gekregen van zijn stomme gedrag.'

'Misschien. Maar ik heb het hem niet vergeven.'

'Dat moet je ook niet doen,' zei Marieke.

'Volgens mij heeft hij al een ander.'

'Aha, je hebt de foto's op zijn Hyves dus gezien?' vroeg Marieke. 'Dat stelt niks voor! Dat is duidelijk een zielige actie om jou jaloers te maken.'

'Denk je?' Ik voelde opeens een sprankje hoop. Ik zou me een heel stuk beter voelen als Julius nu ook niet *happy in love* was.

'Natuurlijk. Haar naam staat er niet bij. En ze zijn niet eens Hyves-vrienden van elkaar. Dat had Esther al gecheckt.'

Ik lachte. 'Wat doen jullie toch allemaal? Het lijkt *CSI* wel!'

'Nou,' zei Marieke, 'wie aan jou komt, komt aan mij. Aan ons, bedoel ik.'

Nadat Marieke me allerlei grappige verhalen had verteld om me op te vrolijken, logde ik opnieuw in op mijn Hyves-pagina om een selectie van mijn Londen-foto's erop te zetten. Ik had misschien liefdesverdriet, maar ik had ook leuke dingen gedaan deze vakantie. En dat mocht de hele wereld weten.

Ik ging vroeg naar bed. Mijn hoofd bonkte nog een beetje door die stomme hersenschudding en eigenlijk had ik vandaag te veel ondernomen. Ik moest het nog even rustig aan doen, had de dokter gezegd. Mijn gedachten dwaalden af naar de donkere gestalte in het donker. Mijn hart klopte snel, terwijl ik het moment herbeleefde. Snel deed ik mijn nachtlampje aan en keek mijn kamer rond. Hier was ik veilig. Toch durfde ik niet te gaan slapen. Ik probeerde aan iets anders te denken en zette mijn televisie aan. Ik zapte doelloos van de ene zender naar de volgende. Uiteindelijk liet ik hem op TellSell staan en keek toe hoe een overenthousiaste kerel met gebleekte tanden een keukenapparaat aanprees. Even mijn verstand op nul.

Opeens werd mijn aandacht getrokken door een geluid buiten. Het klonk als muziek. Iemand die gitaar speelde. Zo te horen werd er ook nog bij gezongen. Deze straatmuzikant moest duidelijk nog veel oefenen. *Idols* was er niks bij! Verbaasd deed ik het slaapkamerraam open en keek naar beneden. Daar stond Julius de longen uit zijn lijf te zingen, compleet met een rode kindergitaar. Met zijn voet klemde hij een stuk papier tegen de grond om te voorkomen dat het wegwaaide. Julius keek hoopvol omhoog en begon nog harder te zingen zodra hij me zag. Dat er geen echte melodie in zijn zelfgeschreven nummer zat, kon hem blijkbaar niks schelen.

> *Wat heb ik toch gedaan,*
> *Ik joeg mijn grote liefde ver bij mij vandaan,*
> *Kun jij het me ooit vergeven?*
> *Zonder jou kan ik niet leven,*
> *Hoe heb ik zoiets stoms kunnen doen?*
> *Lieve El, het spijt me een miljoen.*

Net toen hij aan een nieuw couplet wilde beginnen, kwam er een woedende buurvrouw naar buiten gestormd.

'Wat denk jij wel niet? Mijn kinderen proberen te slapen. Ga dat maar ergens anders doen!'

Julius keek beteuterd en zag er zo volslagen belachelijk uit met zijn minigitaar, dat ik wel móést lachen. Hij keek grijnzend omhoog en rende naar de ingang van ons appartementencomplex. 'Alice, mag ik please binnenkomen?' riep hij omhoog.

Even twijfelde ik, maar rende toen toch naar de telefoon in de hal, om de deur beneden te openen. Ik had nu ongeveer een minuut de tijd voordat Julius boven zou zijn, dus borstelde ik nog snel even mijn haar en deed wat lipgloss op. Ook al was het uit, ik wilde er natuurlijk toch zo mooi mogelijk uitzien.

'Hé,' Julius kwam onzeker mijn kamer binnen. 'Sliep je al?' Hij wees naar mijn nachthemd.

'Ja,' zei ik, 'ik heb nog een beetje last van die hersenschudding.'

'Hersenschudding?' Julius keek me geschrokken aan. 'Wat is er gebeurd?'

'Ik ben beroofd.'

'Wat? In Frankrijk?' Julius trok wit weg en ik zag hoe hij werd overspoeld door schuldgevoelens. Even overwoog ik hem in die waan te laten, maar dat vond ik te gemeen.

'Nee, in Londen. Ik kreeg een spoedklus binnen voor *Fame*,' zei ik.

'Londen? Ben je in je eentje naar Londen geweest?'

'Ja. Naar een première. En een grote interviewsessie.'

'Cool zeg,' zei Julius. Hij was duidelijk onder de indruk. 'Maar vertel eens over die beroving?'

Ik haalde mijn schouders op. 'Eerlijk gezegd weet ik

er niet veel meer van. Het was nogal warm op het pre-
mièrefeest, ik wilde even wat frisse lucht. Ik liep een
blokje om, maar voordat ik wist wat er gebeurde, trok
een jongen me een steegje in en pakte mijn tas af.
Waarschijnlijk heeft hij me daarna achterovergeduwd
en ben ik met mijn hoofd tegen een muur geknald. Ik
werd pas wakker in het ziekenhuis.'

'Heftig zeg! Gaat het nu weer een beetje?' Hij zag er
oprecht bezorgd uit.

Ik knikte. 'Esther en Marieke zijn me komen halen.
Ze hebben het weer goedgemaakt.'

'Mooi zo.'

Even keken we elkaar zwijgend aan, tot Julius dichterbij kwam en me dicht tegen zich aan trok. 'Het spijt
me zo ontzettend, Alice. Ik heb je vreselijk gemist. Ik
weet nu dat je gelijk had, dat het Marieke was. Kunnen we het niet gewoon achter ons laten en het weer
goedmaken?'

Wacht eens even! Ik worstelde me los. 'Je geloofde
me niet,' zei ik, opeens opnieuw boos. 'Je stuurde me
zomaar weg, zonder te luisteren.'

Julius keek naar de grond. 'Ik zeg toch dat het me
spijt.'

Ik haalde mijn schouders op. 'Dat is niet genoeg. Ik
wil een verklaring.'

'Verklaring?'

'Ja! Waarom was je zo achterdochtig? Waarom gaf je
me niet eens de kans om het uit te leggen?'

Julius zuchtte diep en ging op mijn bed zitten. 'Anniek,' fluisterde hij. 'Zij was mijn eerste vriendin. Het
eerste meisje op wie ik verliefd was. Zij heeft me bedrogen, met één van mijn beste vrienden. Ik was zo

verdrietig en gekwetst. Ik heb me maandenlang ellendig gevoeld. Toen mijn zus die foto van jou met een andere jongen liet zien, voelde ik me weer precies zo.' Hij haalt zijn schouders op.

'Maar ik ben Anniek niet. Ik heb nog nooit iemand bedrogen,' zei ik.

Julius knikte. 'Toen je weg was, ging ik twijfelen. Ik zag je briefje. En mijn vader dacht ook dat ik me had vergist. Ik weet het niet. Ik denk dat ik al die tijd niet kon geloven dat jij mij echt leuk vond. Ik was al zo lang verliefd op je, terwijl je mij niet zag staan. Ik denk dat ik te onzeker was. Ik dacht: zie je wel, dat ik niet goed genoeg ben.' Hij keek met zielige puppyogen naar me op. 'Het spijt me echt. En ik wil niks liever dan het weer goedmaken. Wil je me een tweede kans geven?'

Hij sloeg zijn armen om me heen. Het voelde zo vertrouwd. Ik haalde diep adem en deed mijn ogen dicht.

Marieke

'Voor mij de salade met gerookte kipfilet, met extra uienringen en basilicum en zonder de frambozensaus.' Een man in een chique pak gedroeg zich alsof hij in een driesterrenrestaurant was in plaats van het plaatselijke eetcafé bij mij om de hoek, waar ik sinds een paar dagen een zomerbaantje had. 'En voor mijn vrouw de scampi's zonder taugé en prei en met extra roomsaus,' vervolgde hij, terwijl hij zijn blik niet op mij of de vrouw tegenover hem richtte, maar op mijn notitieblokje om te controleren of ik zijn specifieke wensen wel zorgvuldig noteerde. Ik toverde een opgewekte en hopelijk klantvriendelijke glimlach op mijn gezicht, beloofde dat het eraan kwam en liep in de richting van de bar om de bestelling door te geven.

'Juffrouw?' Een mevrouw aan een tafeltje verderop stak haar hand naar me op. 'Er is een ongelukje gebeurd.' Ze wees naar een plasje dat half onder het tafeltje en half onder haar stoel op de vloer lag. Toen ik beter keek zag ik een klein hondje met een glitterhalsband onder het tafeltje weggedoken zitten, het uiteinde van zijn riem zat vastgeknoopt aan een van de tafelpoten. Het hondje keek schuldbewust naar me op.

Ik slaakte onopvallend een zucht. Drie keer raden wie dat mocht opruimen. Ik draaide me om, gaf de bestelling van de bekakte man door aan de bar en keek rond naar iets waarmee ik het 'ongelukje' kon verwijderen. Wat een rotbaantje! Ook al had ik het zelf gewild, op momenten als deze vroeg ik me af of er geen leukere manieren bestonden om snel geld te verdienen. Vast wel, maar waarschijnlijk niet om de hoek. En ik mocht blij zijn dat ik zo snel iets had gevonden, want ik had maar weinig tijd.

Nadat Alice, Esther en ik waren teruggekomen uit Londen, had ik besloten dat ik iets wilde doen om het goed te maken. We hadden dan wel geen ruzie meer, maar mijn misstap had diepe sporen nagelaten die niet zomaar te herstellen waren. Het was nog maar de vraag of het ooit nog goed kwam tussen Esther en Lucas en Alice en Julius, en ook onze geannuleerde vakantie kon ik niet meer ongedaan maken. Daarom had ik een bijbaantje genomen, zodat ik geld kon verdienen om alsnog met z'n drietjes op vakantie te gaan. Dat was wel het minste wat ik kon doen. Maar helaas schoot het niet zo op. Ik verdiende ongeveer dertig euro per dag, exclusief fooien. Als het zo doorging, kon ik mijn zussen hooguit op een weekendje weg trakteren. Maar dat was beter dan niets.

'Marijke, wat sta je daar te treuzelen? De bestelling voor tafel elf staat klaar.' Mijn baas, een chagrijnige man van halverwege de veertig die Wim heette en mijn naam niet kon onthouden, keek me boos aan.

'Eh... ik zocht een dweil, het hondje van tafel acht heeft –'

'Bestellingen gaan altijd voor,' onderbrak hij me. 'Tafel acht kan wel even wachten.'

Ik haalde mijn schouders op. Ik bracht liever eten naar een tafel dan dat ik de viezigheid van andermans hond opruimde. Ik pakte twee gloeiendhete borden vast en snelwandelde in de richting van tafel elf om mezelf zo snel mogelijk te verlossen van die ondingen. Vlak voor ik de tafel bereikte, schrok ik op van een gilletje, dat afkomstig bleek te zijn van de bekakte vrouw. Het hondje van tafel acht snuffelde aan haar benen en had zo te zien nog meer nattigheid achtergelaten. De bekakte meneer joeg het beest weg met ksst-ksst-geluiden, de hondenriem kwam strak te staan tussen het hondje en de tafel en voor ik nog iets kon doen of zeggen, voelde ik hoe mijn hak erachter bleef hangen en de veel te hete borden uit mijn handen vlogen. Terwijl ik vooroverviel – gelukkig niet in een van de plasjes – deed ik mijn ogen dicht. Ik wist dat ik een ravage te zien zou krijgen zodra ik ze opendeed.

Een paar seconden heerste er een vreselijke, doodse stilte, die uiteindelijk werd doorbroken door mijn baas, die ik woester dan ooit 'Marloes!' hoorde brullen. Toen ik opstond en rondkeek, zag ik hoe alle gasten me verbijsterd aankeken. De bekakte mensen zaten van boven tot onder bedolven onder de daghap van tafel elf, spaghetti speciaal met extra gehaktballen. De blik in hun ogen was een combinatie van schrik en woede, maar sloeg zonder twijfel om in het laatste toen de tomatensaus die aan het plafond kleefde weer naar beneden droop, recht boven hun tafeltje. Het hondje van tafel acht zat inmiddels trillend op schoot bij zijn baasje, dat me minachtend aankeek. Het was duidelijk dat het Marieke-alert nog steeds van kracht was.

Zonder iets te zeggen stond ik op. Ik negeerde mijn

pijnlijke knieën en liep naar de keuken, waar ik uit het zicht van de gasten was. Ik hoorde hoe mijn baas andere serveersters beval de plaats delict die ik had veroorzaakt op te ruimen en ik leunde een paar tellen zwijgend tegen een van de grote koelkasten om op adem te komen. Ik dacht niet dat ik ooit weer naar binnen zou durven. Maar zo te zien hoefde dat ook niet, want mijn baas kwam met een rood aangelopen kop de keuken binnen. Hij wapperde met een paar briefjes van vijf voor mijn neus – mijn salaris voor vandaag – en knikte met zijn hoofd in de richting van de achterdeur, een gebaar dat 'oprotten' betekende.

'Sorry,' zei ik zacht, maar Wim draaide zich al om en liep terug het restaurant in. Even keek ik gelaten de keuken rond, want eerlijk vond ik dit eigenlijk niet – het was tenslotte allemaal de schuld van dat vervelende hondje – maar knoopte toen demonstratief mijn schort los, pakte het geld van de tafel en liep zonder om te kijken naar buiten. Dit was het kortste bijbaantje dat ik ooit had gehad, maar ook het vervelendste. Ik zou het geen seconde missen, maar het enige waaraan ik kon denken toen ik naar huis fietste was: *en onze vakantie dan?*

'Haha, geef toe Marieke, achteraf gezien is het toch hartstikke grappig?' Laila lag zo ongeveer op de grond van het lachen toen ik haar de volgende dag het verhaal vertelde. 'Ik wou dat ik erbij was geweest. Ik had die gezichten wel eens willen zien!' Ze greep naar haar buik, die zeer deed van het lachen. 'Au!' riep ze.

'Ik vrees dat de mensen die onder de spaghetti zaten daar anders over denken,' zei ik, terwijl ik mezelf op Laila's bed liet vallen. 'En ook al was het geen leuk baantje, ik verdiende er tenminste wel geld mee. Hoe vind ik zo snel weer iets anders?'

Laila ging rechtop zitten. 'We verzinnen er wel iets op. Maar nu gaan we naar het winkelcentrum, een ijsje halen. Ik trakteer.' Ze greep mijn hand en trok me overeind.

'Nee, ik,' zei ik. 'Jij bent deze hele zomer alleen maar bezig geweest mij op te vrolijken. Als iemand een ijsje heeft verdiend, ben jij het wel. Ik trakteer!'

'Hoeft niet, hoor,' zei Laila. 'Daar zijn we vriendinnen voor. In goede en in slechte tijden.'

'Dat weet ik, maar toch verdien je een ijsje met minstens drie bolletjes!' riep ik, terwijl ik mijn fietssleutel uit mijn handtas viste.

'Nou, dankjewel dan. Dat sla ik niet af,' lachte Laila. 'Maar ik vind het wel balen voor je van je baantje. Het was zo'n goed idee van je om je zussen op een vakantie te trakteren.'

'Ik hoef in elk geval niet meer terug naar die chagrijnige Wim,' zei ik lachend. 'Of hondenplasjes op te ruimen.'

'*Always look on the bright side of life*,' grijnsde Laila. '*Let's go!*' Ze greep haar zonnebril, stak haar blote voeten in een paar onmogelijk hoge hakken en danste haar kamer uit, de zon tegemoet.

'Heerlijk,' zei Laila toen ze aan haar ijsje likte en onderuitgezakt op een bankje in het park ging zitten.

'Zeg dat wel,' zei ik, terwijl ik mijn ogen dichtdeed en de zonnestralen op mijn huid voelde dansen. Eindelijk voelde alles even zorgeloos, zonder schuldgevoelens en vrij van verplichtingen. Wat dat betreft was het fijn dat ik van dat rotbaantje af was.

'Ik heb nog iets voor je.' Laila haalde een opgevouwen papiertje uit haar handtasje en schoof het mijn kant op. *Tips tegen liefdesverdriet* stond bovenaan de pagina die ze zo te zien uit een tijdschrift had gescheurd. 'Misschien staan er wel een paar nuttige tips in,' zei ze.

'Dank je.' Ik staarde naar de letters, zonder de woorden te lezen. Wat kende ze me toch goed. Want ook al had ik geen ruzie meer met mijn zussen, dat wilde nog niet zeggen dat ik Lucas zomaar vergeten was. Ook al wist ik dat het nooit iets zou worden tussen ons, mijn hart negeerde vooralsnog totaal wat mijn hoofd het opdroeg: Lucas vergeten.

'Oké, daar gaan we dan. Tip één,' las ik hardop voor. 'Zoek afleiding en onderneem leuke dingen met vriendinnen.' Ik keek op en stak mijn ijsje in de lucht. 'Nou, dat doe ik gelukkig al met jou.'

'Ga door,' zei Laila bemoedigend.

'Verwijder alles wat je aan hem doet denken uit je omgeving,' ging ik verder. 'Vermijd contact, des te eerder kun je hem uit je hoofd zetten.' Ik zuchtte. 'Ook al denk ik dat dat inderdaad het beste is, dat is nog niet zo gemakkelijk. Als het goed komt tussen Esther en Lucas, wat ik echt voor haar hoop, zal ik hem toch wel regelmatig tegenkomen.'

'Dat is waar,' zei Laila. 'Maar misschien is het wel beter om voorlopig uit zijn buurt te blijven.'

Ik knikte, al deed de gedachte dat ik Lucas weken-, of zelfs maandenlang niet zou zien pijn. Kon ik maar met mijn vingers knippen en simpelweg niet meer van hem houden of hem uit mijn geheugen wissen. Of beter nog: de tijd terugdraaien en alle stomme dingen die ik had gedaan ongedaan maken. Maar zo gemakkelijk was het helaas niet.

Laila draaide het papiertje naar zich toe toen ze merkte dat ik niet verderging. 'Maak een lijstje van al zijn minpunten,' zei ze. 'Hm, dat komt me bekend voor.' Ze glimlachte even. 'Ik geloof dat je met moeite twee minpunten kon bedenken toen we een tijdje geleden zo'n lijstje maakten. Denk je daar nog steeds zo over?'

'Weet ik niet,' zei ik twijfelend. 'Ik denk nog steeds de hele tijd aan hem. Hij is gewoon zo leuk, en lief en knap. Maar ook al kon ik maar twee minpunten bedenken: die waren en zijn nu nog steeds meer dan genoeg om hem uit mijn hoofd te zetten.'

'Heeft hij dan echt geen enkele stomme, saaie of irritante eigenschap? Helemaal niets?' vroeg Laila.

Ik haalde mijn schouders op. 'Eigenlijk ken ik Lucas nog steeds niet zo goed, zo veel tijd hebben we nu ook weer niet samen doorgebracht. Maar ik weet wel dat ik meteen verliefd op hem was, al de allereerste keer dat ik hem zag. En vervolgens hoorde ik alleen maar leuke en romantische verhalen over hem van Esther, dus in mijn hoofd heb ik ongetwijfeld alles nog mooier gemaakt. Maar ook al lijken Esther en ik nog zo op elkaar, in sommige opzichten zijn we toch heel anders. En dat zijn waarschijnlijk vooral de dingen die maken dat Lucas het beste bij haar past.'

Laila kneep even bemoedigend in mijn hand. 'Dat is al stap één,' zei ze. 'Dat je weet dat hij uiteindelijk niet bij je zou passen.' Ze keek opnieuw naar het papiertje.

'Misschien is deze tip ook wel iets: schrijf je gevoelens van je af in een dagboek of praat met vrienden.' Ze sprong op en spreidde haar armen uitnodigend naar me uit. 'Praat maar!'

'Dat doen we al, gekkie,' zei ik. 'En ik denk juist dat het beter is dat ik het er niet de hele tijd over heb, dan denk ik er juist nog meer aan. Maar bedankt voor het aanbod.'

'Oké, tot slot: geef jezelf de tijd.' Laila fronste haar wenkbrauwen. 'Dat is zo afgezaagd, dat je het de tijd moet geven. Echt zoiets wat mijn moeder zou kunnen zeggen. Misschien klopt het wel, maar daar heb je op dit moment niet echt veel aan.'

'Ik kan me niet voorstellen dat ik Lucas ooit niet meer leuk zal vinden,' zei ik zacht. 'Maar het moet, want ik wil nooit meer iets doen waarmee ik Esther of Alice kwets.'

Laila en ik zwegen allebei een tijdje. Ik dacht aan Esthers verdrietige ogen, toen ze mij en Lucas net had betrapt. Aan Alice' vermoeide gezicht in dat ziekenhuisbed, waarin ze waarschijnlijk nooit had gelegen als Julius het niet had uitgemaakt – door mijn schuld. Die gedachte moest ik vasthouden, besloot ik, steeds als mijn hart het uitschreeuwde van pijn en gemis om Lucas. Want hoeveel ik ook van hem hield – van mijn zussen hield ik het meest.

'Wil je even meefietsen naar de Albert Heijn?' vroeg ik. 'Misschien kan ik daar wel vakken vullen of zo.'

'Je geeft niet op, hè?' zei Laila lachend en ze sprong overeind van het bankje. 'Geen zorgen, ik help je. Let op mijn woorden: jij en je zussen gaan deze zomer nog op vakantie, daar sta ik persoonlijk voor in!'

'Weet je het zeker?' Ik keek twijfelend naar de lampi-on in Laila's handen toen we de volgende avond op het niet-verlichte dakterras van mijn studentenhuis ston-den. Nog niet zo lang geleden had ik nog gedroomd dat ik hier samen met Lucas naar de sterren keek, en nu stond ik hier zonder hem, om officieel afscheid van hem te nemen.

'Heel zeker,' zei Laila. 'Thaise lampionnen mag je het hele jaar aansteken. Ik heb het opgezocht op in-ternet. Het brengt geluk om er eentje op te laten.'

'Dat kan ik wel gebruiken,' zei ik. 'Het was een goed idee van je, *thanks*.' Het was hoog tijd om het Marieke-alert op te heffen en Lucas los te laten. Ik zuchtte en haalde een briefje uit mijn broekzak. Ik had er uren-lang over gedaan om een paar afscheidsregels voor Lucas te schrijven, en nu zouden ze ritueel worden verbrand, samen met de Thaise lampion, zonder dat hij ze ooit zou lezen.

Lieve Lucas,

Je bent de liefste, leukste en knapste jongen die ik ooit heb ontmoet. Wie weet zou alles heel anders zijn gelopen, als wij elkaar eerder waren tegengekomen. Maar het is niet zo: je bent al met Esther en daar wil ik nooit meer tussenkomen. Ik hoop dat jullie weer gelukkig worden samen. En daarom wordt het hoog tijd dat ik afscheid van je neem, zodat je niet meer in mijn hoofd zit, en ook niet meer in mijn hart. Dat je weer gewoon 'de vriend van mijn zus' wordt, zoals je jezelf noemde toen je bij me kwam logeren. Dan ben ik

*de volgende keer dat wij elkaar zien weer gewoon
de zus van Esther. Dag allerliefste Lucas.*

*Veel liefs,
Marieke*

'Hij is er klaar voor,' zei Laila na enig gepriegel met de ijzerdraadjes die aan de binnenkant van de lampion zaten. Ze hield me de lampion voor, zodat ik mijn briefje eraan kon vastknopen.

'Oké, nu moet jij hem onderaan vasthouden en ik aan de bovenkant,' zei ze toen het briefje eraan vastzat. 'Ik tel tot drie en dan laten we allebei los, dan vliegt-ie als het goed is de lucht in.'

'Goed,' zei ik en ik deed wat ze zei.

'Eén,' telde Laila. 'Twee. Dr–'

Net op haar laatste tel ging haar mobiele telefoon. Van schrik liet Laila de lampion los en ik daardoor ook. Terwijl Laila haar mobieltje uit haar broekzak haalde en geërgerd opnam, keek ik de ballon na. Hij zweefde niet recht omhoog, maar ging eerst met een luchtstroom mee, horizontaal vooruit. Hij ging recht op het balkon aan de overkant van de straat af, waar twee oude mensen verschrikt opkeken toen het lichtgevende gevaarte op hen af kwam.

'Wat moet dat?' riep de man verschrikt terwijl hij de lampion van zich af duwde met zijn wandelstok.

De lampion tolde even rond en vloog toen omhoog, de donkere hemel in. Het gemopper van mijn overburen negerend en met Laila's gemompel op de achtergrond, staarde ik de lampion na. Hij ging steeds hoger en hoger, tot hij een klein stipje werd dat zich nauwelijks onderscheidde van de sterren. Ook al wist ik dat hij nooit zo hoog zou komen en langzaam zou opbranden tot er niets meer van over was, vanaf hier leek het net een omgekeerde vallende ster die mijn wens om ooit dicht bij Lucas te zijn weer ongedaan kon maken. 'Dag Lucas,' fluisterde ik zacht.

'Dit geloof je niet!' Laila hing op en keek me aan met een twinkeling in haar ogen. 'Dat ding brengt echt geluk!' Ze gilde van blijdschap.

Ik draaide me verbaasd naar haar om. 'Huh? Wat is er dan?'

'Dat was mijn moeder aan de telefoon,' zei Laila. 'Mijn oom en tante hebben een bungalow in Frankrijk en gaan onverwacht een week eerder naar huis dan gepland. Ze hebben aangeboden dat ik er met een paar vriendinnen gebruik van mag maken. Komt dat even mooi uit!'

'O,' zei ik verward, onzeker over waar Laila precies op doelde.

Laila keek me onderzoekend aan. Opeens zag ik een onzekere blik in haar ogen die ik nooit eerder had gezien. 'Vind je het niet leuk?' vroeg ze. 'Ik weet wel dat je eigenlijk naar Spanje had gewild met je zussen, maar de Côte d'Azur is ook heel leuk, hoor. Of denk je dat je zussen niet met mij op vakan–'

'Laila!' riep ik. 'Meen je dat echt? Wil jij met mij en mijn zussen op vakantie?'

'Ja, dat lijkt me geweldig,' zei Laila, terwijl haar onzekere blik plaatsmaakte voor een brede glimlach. 'Met jou is het altijd gezellig, dus met je zussen erbij is het drie keer zo veel lol, lijkt me.'

We keken elkaar even afwachtend aan, en begonnen toen gelijktijdig te gillen van opwinding.

'Houden jullie eens op, stelletje herriemakers!' Het bejaarde echtpaar van de overkant stond boos naar ons te kijken vanaf hun balkon. 'Vuurwerk afsteken is illegaal, ik ga de politie bellen!'

'Doe dat vooral!' riep Laila, terwijl ze naar hem zwaaide. 'En doe ze de hartelijke groeten als u ze vertelt hoe mooi onze volledig legale Thaise lampion was!'

Samen renden we gierend van het lachen naar de brandtrap aan de achterkant van het dakterras.

'Laten we op internet naar vluchten gaan kijken, dan kunnen we kijken of je genoeg geld hebt om voor jullie drietjes te boeken,' zei Laila, terwijl ze met twee treden tegelijk naar beneden sprong. 'Lastminutes zijn vaak heel goedkoop. Maar anders gaan we wel met de bus of zo. Komt goed!'

Eenmaal in mijn kamer sloeg ik mijn armen om haar heen. 'Laila, superbedankt. Je bent een vriendin uit duizenden.'

Esther

'Misschien' had ik ge-sms't naar Lucas, maar diep van-binnen had ik al die tijd zeker geweten dat ik naar het boekencafé zou gaan om hem te zien. Hoe kwaad ik ook op hem was geweest, hoeveel tranen ik ook om hem had vergoten, ik verlangde naar hem met mijn hele hart. Ik móést hem zien. Ik kon niet anders.

In de bus naar het centrum bonsde mijn hart zo hard dat ik dacht dat alle andere passagiers het kon-den horen. Van dit afspraakje met Lucas hing alles af. Zouden we samen verdergaan of zouden we er een punt achter zetten? Hoe kon ik zeker weten dat zijn verliefdheid op Marieke echt maar een bevlieging was, dat hij nu honderd procent voor mij koos?

Ik was op van de zenuwen toen ik uit de bus stapte. Zou Lucas eigenlijk binnen aan een tafeltje zitten of zou hij me buiten opwachten? Wachten moest hij in elk geval; op Mariekes aanraden was ik opzettelijk aan de late kant, zodat het niet zou lijken alsof ik alle mi-nuten had afgeteld tot onze date – ook al was dat wel zo. Het voelde alleen nogal raar om uitgerekend van Marieke liefdesadvies te krijgen. Ook al waren we tij-dens onze zoektocht naar Alice weer dichter tot elkaar gekomen en voelde het eigenlijk weer als vanouds, Mariekes verliefdheid op Lucas had toch een barst in mijn vertrouwen teweeggebracht die nog niet helemaal was hersteld. Het beeld van Marieke en Lucas die aan het zoenen waren stond nog steeds haarscherp in mijn geheugen gegrift en ik was bang dat het nog wel een tijdje zou duren voordat het zou vervagen.

Ik sloeg de hoek om en zag Lucas meteen. Hij stond voor ons boekencafé en keek onzeker op zijn horloge. Mariekes advies werkte dus. Mooi zo. Na al die tijd waarin ik in onzekerheid had verkeerd, vond ik het stiekem niet erg dat Lucas nu even niet wist waar hij aan toe was.

Ik zag dat Lucas zijn hondje had meegenomen. Dat was een slimme zet. Hij wist dat ik dol was op Woekie.

Woekie ontdekte me en begon te blaffen. Ondanks mezelf glimlachte ik.

Lucas keek op. Hij had een blik in zijn ogen die ik niet begreep, totdat ik plotseling besefte wat er aan de hand was. Lucas wist heel even niet zeker wie er naar hem toe liep, Marieke of ik. Een felle steek ging door me heen, van woede en verdriet.

'Ik ben het,' zei ik. 'Esther. Had je liever gewild dat het Marieke was?'

Lucas schudde zijn hoofd en stak zijn hand uit alsof hij me wilde aanraken, maar liet zijn hand toen weer vallen. 'Nee, natuurlijk wist ik dat jij het was. Het is alleen… je haar. Heb je je haar geverfd?'

'Jíj vond Marieke toch mooier,' zei ik. 'Jíj wilde toch een avontuurlijke, impulsieve versie van mij?'

Lucas keek verward. 'Hoe kom je daarbij? Dat heb ik toch nooit gezegd?'

Was dat zo? Waren dit conclusies die ik helemaal zelf had getrokken?

'Kom, laten we naar binnen gaan,' zei Lucas. 'Daar

kunnen we beter praten dan hier.' Hij aarzelde opnieuw, alsof hij mijn hand wilde pakken. De afgelopen maanden hadden Lucas en ik constant hand in hand gelopen, onafscheidelijk, waarheen we ook gingen. We waren dolverliefd en de hele wereld mocht het weten. Toen had ik me nooit kunnen voorstellen dat er een tijd zou komen waarin ik zou aarzelen om mijn hand in de zijne te leggen.

Lucas hield de deur voor me open en ik ging naar binnen. Hij wees naar ons favoriete tafeltje in de hoek. Alles hier was nog net zo als alle keren dat we hier eindeloos hadden zitten praten en lachen. Zou ik ooit weer zo zorgeloos en gelukkig worden?

Ik ging zitten en Woekie sprong meteen op mijn schoot. Eigenlijk was ik wel blij dat Lucas hem had meegebracht. Nu had ik iets warms en zachts om vast te houden. Dankbaar drukte ik Woekie tegen me aan.

Lucas deed zijn jas uit en ging tegenover me zitten. Hij droeg de zachte grijze trui die hem zo goed stond. Hij glimlachte. 'Hij heeft je gemist,' zei hij, met een knik naar Woekie. Hij zweeg even. 'Ik ook,' zei hij toen.

Ik wist niet wat ik moest zeggen. Ik had hem ook gemist, maar ik wilde het hem niet te gemakkelijk maken.

Het was gek om weer bij hem te zijn. De afgelopen dagen had ik bijna onafgebroken aan hem gedacht. Ik had zo verschrikkelijk naar hem verlangd dat het pijn deed. Ik had dagenlang niet kunnen eten of slapen door hem. En toch wilde ik diep in mijn hart niets liever dan mijn hand naar hem uitstrekken en hem aanraken.

Het bleef een tijdje stil. Zelfs deze stilte deed pijn. Er waren nooit eerder stiltes tussen ons geweest.

'Wil je wat drinken?' vroeg Lucas. 'Bosvruchten-thee?'

Ik knikte. 'Graag.'

Lucas schoot overeind om de drankjes te bestellen, zichtbaar dankbaar voor de afleiding. Ik haalde diep adem en aaide Woekie nog maar eens.

Lucas was al snel terug met twee dampende koppen thee. Op elk schoteltje lag een chocolaatje. Zonder iets te zeggen gaf hij het zijne ook aan mij. Ik glimlachte, ondanks mezelf. 'Dankjewel.'

Lucas ging met zijn handen door zijn haar. 'Esther, ik weet niet wat me bezielde... Ik kan niet geloven dat ik echt met Marieke...' Hij stopte.

'Ik ook niet,' zei ik, terwijl ik mijn best deed om niet nu al te gaan huilen.

'Ik weet niet wat ik dacht,' zei Lucas. 'De laatste tijd vond ik mijn leven op de een of andere manier een beetje saai, met alle tentamens die we moesten leren en zo. Ik had het gevoel dat we niets anders meer de-den dan studeren...' Hij wierp me een verontschuldi-gende blik toe. 'En dan kwam Marieke langs en ze zat altijd vol spannende en vrolijke verhalen over schuim-party's en studentenfeestjes. Het voelde alsof zij het leven had waar ik stiekem van droomde.'

'Maar al die dingen kun jij toch ook doen?' vroeg ik. 'Jij kunt toch ook uitgaan en naar allerlei feestjes gaan en zo. Ik hou je niet tegen.'

'Je hebt helemaal gelijk,' zei Lucas. 'Maar omdat ik weet dat jij niet van die dingen houdt, dacht ik dat je vast niet mee zou willen.'

'Dat hoeft toch ook niet?' zei ik. 'We hoeven toch niet per se alles samen te doen. Ik doe toch ook dingen met mijn zussen of met vriendinnen zonder jou erbij?'

Lucas knikte. 'Dat weet ik. Maar toen kwam die ene avond waarop er geen treinen reden en ik onverwacht bij Marieke mocht logeren. Ze nam me mee uit en ineens... Ik weet het niet, er ging een wereld voor me open. Op een avond waarop ik anders de hele tijd achter mijn bureau zou hebben zitten leren, stond ik ineens met haar te dansen in een flitsende club. Het voelde als een onderbreking van de sleur.'

Ik voelde mijn hart verkillen. Sleur. Hij vond onze relatie een sleur. In gedachten zag ik de kans dat het weer goed zou komen verschrompelen tot een nulletje dat zo klein was dat je het niet eens met een vergrootglas zou kunnen zien.

Lucas leek zelf te schrikken van zijn woorden. Haastig pakte hij mijn hand. 'Ik bedoelde jou niet, Esther! Ik bedoelde niet dat ik het niet leuk vond met jou. Integendeel, jij was... bent juist mijn lichtpuntje. Echt waar. Jij bent mijn inspiratiebron. Jij bent zo gedisciplineerd en je weet zo goed wat je wilt. Er zijn zo veel momenten tijdens onze studie dat ik het even niet meer zie zitten met al die tentamens en essays. Het is gewoon veel zwaarder dan ik me had voorgesteld. Mijn grote geluk is juist dat we het samen doen. Dat ik naast jou kan zitten tijdens alle colleges en dat we samen kunnen studeren. Zonder jou zou ik er misschien allang mee gestopt zijn.'

Lucas keek me aan, alsof hij verwachtte dat ik iets zou zeggen. Zijn hand die de mijne vasthield maakte dat echter onmogelijk. Het voelde zo vertrouwd – en tegelijk zo onwerkelijk dat hij me gewoon aanraakte, alsof er niets was gebeurd.

'Het punt is,' zei Lucas, 'dat ik gewoon even genoeg had van altijd maar studeren. Marieke vertegenwoordigde een leven dat mij op dat moment heel erg aansprak. Maar ik weet nu dat dat uiteindelijk niet bij mij zou passen.'

Ik maakte mijn hand los uit de zijne. 'Je praat nu alleen maar over Mariekes levensstijl, al dat uitgaan en dansen en zo. Maar het gaat niet alleen om haar manier van leven, Lucas. Je hebt haar gezóénd. Je twijfelde niet alleen of je je leven wel spannend genoeg vond, je twijfelde ook aan míj.'

Lucas schudde zijn hoofd. 'Ik ben nog steeds verschrikkelijk verliefd op je, Esther, dat moet je geloven. Maar plotseling had ik ook gevoelens voor Marieke. Daar had ik natuurlijk nooit iets mee mogen doen. Dat was ook helemaal niet mijn bedoeling. Ik had het je meteen eerlijk moeten vertellen. Maar ik was heel erg in de war en ik wist niet wat ik moest doen. Ik hoopte dat het vanzelf over zou gaan. Ik weet nu dat ik Marieke leuk vind, maar niet meer dan dat. Ik heb er zo'n spijt van, Esther, ik... ik heb er geen woorden voor om je te zeggen hoeveel. Ik begrijp zelf niet dat ik het zover heb laten komen, dat ik onze relatie op het spel heb gezet.'

Ik keek hem aan en probeerde uit alle macht niet te knipperen, want dan zouden mijn tranen niet meer tegen te houden zijn. 'Nou, de sleur is in elk geval doorbroken,' zei ik.

Lucas streek met zijn handen door zijn haar, alsof hij zich geen raad wist met mijn antwoord. 'Esther, ik ben zo ontzettend stom geweest. Alsjeblieft, kun je me vergeven? Kunnen we het alsjeblieft opnieuw proberen?'

'Willen jullie nog iets bestellen?' Uitgerekend op dat moment kwam er een serveerster bij ons tafeltje staan.

Verstoord keken Lucas en ik naar haar op.

'Eh...' zei Lucas. Onzeker keek hij naar mij. 'Wil je nog iets drinken?'

Ik wist dat hij eigenlijk iets anders vroeg: is dit gesprek ten einde? Komt het nog goed?

Ik wist niet wat ik moest doen. Ik keek naar zijn gezicht, zijn lieve ogen. Het was Lucas, mijn eigen Lucas, maar toch ook weer niet. Ik was nog nooit zo verliefd geweest als op hem. Maar hij was ook degene die me het meest pijn had gedaan.

De serveerster keek vragend van mij naar Lucas, en weer terug naar mij. Ik zag dat Lucas' ogen zich vulden met tranen. Zijn vingers speelden zenuwachtig met een bierviltje. Opeens besefte ik dat hij net zo bang was als ik. Bang om iets heel waardevols kwijt te raken.

'Ik wil graag nog een kopje thee,' zei ik.

Lucas haalde diep adem. Een voorzichtige lach verscheen op zijn gezicht. 'Voor mij ook graag,' zei hij, zonder zijn blik van mij af te wenden.

De serveerster liep weg, haar gezicht één groot vraagteken. Zo te zien vond ze ons maar een raar stelletje.

Lucas boog zich over het tafeltje naar me toe. 'Wil je me alsjeblieft nog een kans geven?'

Nu kwamen mijn tranen toch. 'Je hebt me zo gekwetst,' zei ik snikkend.

'Dat weet ik,' zei Lucas zacht.

'Nee, dat weet je niet,' zei ik. 'Want zo simpel als jij het zegt, is het niet. Weet je hoe het voelde toen jij met Marieke stond te zoenen? Ze is praktisch mijn evenbeeld, maar dan net even anders dan ik. Ik dacht dat je dat je haar veel mooier en leuker vond dan mij. Een net iets beter uitgevoerde versie, die je bij nader inzien eigenlijk toch wel geslaagder vond.'

Lucas keek me aan. Ik zag aan zijn ogen dat hij nu pas begon te begrijpen wat de impact van dit alles was.

'Je hebt niet alleen met Marieke gezoend,' zei ik, toen ik eindelijk weer iets kon zeggen. 'Je gaf me het gevoel alsof ik niet goed genoeg was. Je hebt niet alleen mijn vertrouwen in jou en in Marieke kapotgemaakt, maar ook het vertrouwen in mezelf.' Ik gebaarde naar mijn nieuwe kapsel. 'Dit heb ik voor jou gedaan. Omdat ik dacht dat je me anders niet meer mooi vond, dat je op me uitgekeken was. Ik wilde mezelf veranderen voor jou.'

Lucas sloeg zijn ogen neer. Hij veegde een paar tranen weg. Ik had hem nog nooit eerder zien huilen.

'Esther, ik ben afschuwelijk. Het feit dat ik met Marieke gezoend heb, betekende dat er iets niet goed zat bij míj. Jij... je bent geweldig, ik ken geen liever en mooier persoon op de wereld. Ik zal nooit uitgekeken raken op jou.'

'En Marieke dan?' vroeg ik.

En natuurlijk kwam op dat moment de serveerster terug met de thee en een grote doos met allerlei theesmaakjes, maar toen ze zag dat we allebei zaten te huilen zette ze zonder iets te zeggen de spullen neer en maakte ze zich snel uit de voeten. Mooi zo. Dat mens had echt een antenne voor op ongelegen momenten aan je tafeltje komen.

'Marieke is een heel mooi meisje,' zei Lucas. 'Maar jij bent de allermooiste en de allerliefste voor mij.'

Ik glimlachte door mijn tranen heen. Het was fijn om hem dit eindelijk te horen zeggen.

'Jij bent het beste wat me ooit is overkomen.' Lucas pakte opnieuw mijn hand. 'Ik hou van je. Alleen van jou.'

'Dat zeg je nu,' zei ik. 'Maar hoe weet ik of je morgen niet toch Marieke leuker vindt? Of Alice?'

Lucas zuchtte. 'Ik begrijp dat je daar nu bang voor bent. Maar ik verzeker je dat dit nooit meer zal gebeuren! Ik heb de vergissing van mijn leven gemaakt. Ja, je hebt twee zussen die ontzettend veel op je lijken. Maar er is maar één Esther. En dat is de enige van wie ik hou.' Hij kneep zachtjes in mijn hand. 'Alsjeblieft Esther, zeg alsjeblieft dat je me vergeeft. Ik kan je niet missen. Ik kan me geen leven voorstellen zonder jou.'

Ik keek hem aan en besefte dat onze relatie hoe dan ook nooit meer zou worden zoals het ooit was geweest. Al die tijd had ik Lucas op een voetstuk geplaatst, alsof hij de meest geweldige jongen op aarde was. Als een soort superheld, de prins op het witte paard. In mijn hoofd was hij de perfecte jongen. De allerliefste, de allerleukste jongen, en hij wilde verkering met míj. Het was alsof ik al die tijd niet helemaal had kunnen geloven dat het echt waar was, dat ik verkering had met een jongen die zo fantastisch was. Nu wist ik dat hij helemaal niet die geweldige jongen was. Ja, hij was lief en intelligent en bovendien ontzettend leuk, maar hij was niet perfect. Hij had tekortkomingen. Hij was niet zo trouw en standvastig als ik had gedacht.

Maar ik was zelf ook niet perfect. Ik had Marieke en Alice allebei weggejaagd zonder naar hun kijk op de gebeurtenissen te luisteren. Ik was naar Amsterdam gegaan om mijn eigen zus te bespioneren. Ik was zo bezig geweest met mezelf dat ik helemaal niet aan Alice had gedacht. Lucas had me zo diep gekwetst dat ik aan niets anders meer had kunnen denken.

En toch, ik was zo gelukkig sinds ik Lucas had leren kennen. Lucas voelde mij aan op een manier die ik voor onmogelijk had gehouden. Ik kon hem altijd alles vertellen en volledig mezelf zijn bij hem. Hij had me bovendien een zelfvertrouwen bezorgd waarvan ik niet had gedacht dat ik het ooit zou hebben. Als hij naar me keek voelde ik me mooi en grappig en... de moeite waard. Met hem aan mijn zijde kon ik alles aan.

Maar ik wist nu dat ik al die dingen ook kon zijn zónder Lucas. Ik was alleen naar Amsterdam gegaan en ik had me aardig gered. En Marieke en ik hadden helemaal zelf Alice opgespoord in een volslagen onbekende stad. Ik was tot veel meer in staat dan ik zelf dacht.

Ik wist nu dat ik zonder Lucas zou kúnnen, als het moest. De vraag was alleen of ik dat ook wílde.

Lucas had me heel erg gekwetst, maar dat had Marieke ook gedaan, en Marieke had ik vergeven. Als ik Marieke kon vergeven, kon ik Lucas ook vergeven. Maar zou ik hem ooit weer kunnen vertrouwen? Hoe kon ik weten dat hij op een dag niet opnieuw zou gaan twijfelen, dat hij op een dag niet opnieuw verliefd zou kunnen worden op een van mijn zussen? Ik keek hem aan en besefte dat ik dat nooit zeker zou weten. Zoals niemand ooit zeker kon weten of haar vriendje niet verliefd zou kunnen worden op een ander. Misschien zou ik zelf ooit verliefd worden op iemand anders. Het leven kon heel anders gaan dan je altijd had gedacht, dat had ik de afgelopen weken wel gemerkt.

Ik keek naar Lucas en hij naar mij, en ik wist dat ik nog steeds verliefd op hem was. Ondanks alles. Ik wist dat hij van me hield en ik van hem, dat we nog altijd heel goed bij elkaar pasten. Hij had me pijn gedaan, maar hij had er spijt van. Ik moest erop vertrouwen dat dat niet meer zou gebeuren. Het zou moeilijk zijn, maar ik moest het proberen. Het was het proberen waard.

Hij stak zijn hand naar me uit en ik greep hem vast. Zijn hand voelde warm en vertrouwd in de mijne. Voor het eerst sinds die rampzalige dag, toen ik Lucas en Marieke betrapte, voelde ik weer een heel klein beetje iets van het geluksgevoel dat alleen Lucas me kon bezorgen.

Een hele tijd keken we elkaar alleen maar aan. Ik keek naar zijn mooie ogen, zijn lieve, voorzichtige glimlach en ik wist dat ik niet compleet was zonder hem.

'Dus... wil je het opnieuw proberen?' vroeg Lucas.

Ik kneep in zijn hand. 'Ja,' zei ik.

Lucas zuchtte diep. 'Wat ben ik blij dat je dat zegt!'

Ik knikte, al moest ik onwillekeurig toch aan Marieke denken. Als het goed kwam tussen Lucas en mij, zou dat heel moeilijk voor haar worden. Ik hoopte dat we toch een manier konden vinden om daarmee om te gaan, voor ons allemaal.

'Mag ik?' vroeg Lucas.

Ik knikte.

Lucas stond op, liep naar me toe en kwam naast me zitten, ook al was de stoel waarop ik zat daar eigenlijk veel te krap voor. Woekie sprong verontwaardigd van mijn schoot en we lachten allebei. Toen nam Lucas mijn gezicht in zijn handen en kuste me. Ik sloot mijn ogen en sloeg mijn armen om hem heen. Deze kus kon de zoen met Marieke niet ongedaan maken, maar ik wist nu dat die ene zoen in het niet viel bij alle keren dat Lucas mij gezoend had, en me hopelijk nog zou gaan zoenen.

Ik wist niet eens dat ik opnieuw was gaan huilen, tot Lucas tranen van mijn wangen veegde.

'Ik hou van je,' zei Lucas.

'En ik van jou,' zei ik zacht.

Hij streek over mijn haar. 'Het staat je mooi. Maar je eigen haarkleur was ook prachtig.'

'Het is maar een spoeling,' zei ik. 'Het gaat er vanzelf weer uit.'

Lucas sloeg zijn armen om me heen en ik droogde mijn tranen aan zijn grijze trui. Zo zaten we een hele tijd zonder iets te zeggen, maar deze stilte was niet pijnlijk.

'Onze thee is koud geworden,' zei ik uiteindelijk.

'Kom,' zei Lucas, 'laten we naar huis gaan. Dan zetten we daar wel nieuwe.'

'Goed,' zei ik.

Buiten was het inmiddels gaan regenen, maar dat kon me niets schelen. Lucas sloeg zijn arm om me heen en samen liepen we naar de bushalte. Woekie rende uitgelaten voor ons uit.

Alice

'Nee, je moet het niet doen! Alice, dit is echt het slechtste idee ooit.' Christine keek me ernstig aan.

Ik zuchtte. Ik had Christine zojuist over mijn geplande herkansingsdate met Julius verteld. Ik had wel verwacht dat ik op enige weerstand zou stuiten en ik probeerde Christine van mijn standpunt te overtuigen.

'Hij heeft het me uitgelegd. Het komt allemaal door zijn eerste vriendin, die Anniek. Die heeft hem zo erg belazerd en gekwetst, hij is er heel erg onzeker door geworden en...'

Ik werd onderbroken door het geluid van de deurbel en liep naar de intercom in de hal om te ontdekken wie er voor de deur stond. 'Hallo?' vroeg ik.

'Bloemenservice Flower Power, ik heb hier een bezorging voor Alice Verhoeven.'

'Dat ben ik,' zei ik verrast. Twee tellen later sprintte ik de trappen af naar de begane grond, waar een bezorger me opwachtte met een gigantische bos roze rozen, die wat formaat betreft niet zou misstaan in Paleis Noordeinde.

'Alsjeblieft. Hier even tekenen graag.' De bezorger hield me een clipboard en een pen voor.

Met de enorme bos bloemen in mijn ene hand en met de pen in de andere, zette ik mijn naam op het formulier.

'Bedankt.'

Even later kwam ik ons appartement weer binnen met de bloemen.

'Kijk eens,' zei ik opgetogen.

Christine trok haar wenkbrauwen op. 'Alweer een goedmaakcadeau van Julius? De bossen worden met de dag groter.'

Ik negeerde haar opmerking en ging op zoek naar een kaartje. Er zat een zilverkleurige kaart in de vorm van een hart tussen de bloemen verstopt.

Lieve Alice, ik ben gek op je.
Laten we dit snel achter ons laten.
x Julius

'Hij doet in elk geval zijn best,' zei ik.

'Kom op zeg,' snoof Christine. 'Nu stuurt hij je opeens bloemen en bonbons en gedraagt hij zich als de liefste jongen op de planeet. Maar we weten allebei dat hij dat niet is. Ben je nu al vergeten hoe schandalig hij je heeft behandeld? Hij was een rotzak om je 's avonds laat weg te sturen in Frankrijk, om je zo aan je lot over te laten! Het kan me niet schelen hoeveel cadeaus hij stuurt. Trap er niet in, El. Alsjeblieft.'

Ik haalde diep adem. Waarschijnlijk had Christine gelijk, zoals meestal. Maar op dit moment wenste ik vurig dat ze er voor één keer naast zat. Christine zag mijn verdrietige blik en omhelsde me.

'Sorry,' zei ze. 'Ik wil gewoon niet dat je opnieuw wordt gekwetst. Ik sta aan jouw kant.'

'Dat weet ik,' zei ik. 'Maar toch. Iedereen maakt fouten. Kijk maar naar Lucas. Kijk maar naar Marieke.

Dat was ook heel groot en heftig, maar toch heeft Esther het hun allebei vergeven. Iedereen verdient toch een tweede kans? En misschien is Julius wel positief veranderd, heeft hij geleerd van zijn fouten.'

Christine schudde haar hoofd. 'Ik weet het niet. Je kunt mensen niet veranderen. Je hebt alleen invloed op jezelf.'

'Misschien. Maar ik kan het zelf ook anders aanpakken door hem te laten zien dat ik anders ben dan die Anniek. Dat ik hem nooit zou belazeren. Dat het tussen ons heel anders is, dat hij niet bang hoeft te zijn.'

Even was het stil. Allerlei gedachten raasden door mijn hoofd.

'Wat is er veranderd?' vroeg Christine uiteindelijk. 'Je was eerst zo boos op hem. Je gooide al zijn foto's in de prullenbak. Ik dacht dat je had besloten hem voorgoed uit je leven te bannen. Komt het door die idiote serenade?'

Ik haalde mijn schouders op. 'Ik weet het niet.'

Maar diep vanbinnen wist ik precies wat het probleem was: ik was nog steeds gek op Julius. Toen hij dat zelfverzonnen liedje had gezongen en ik in zijn ogen keek, voelde ik dat het ondanks mijn woede niet over was. Blijkbaar was ik niet bestand tegen zijn vragende ogen en zijn vertrouwde armen om me heen. En ook al wist ik dat wat Julius had gedaan verkeerd was, ik wilde geloven in zijn goede kant, die hij overduidelijk ook had. Hoeveel geweldige avonden hadden we wel niet samen doorgebracht? Het maakte me eigenlijk niets uit wat we deden, zolang ik maar bij hem was. Ik dacht aan de keren dat we zelf pizza hadden gemaakt, aan de wandelingen door het park en hoe hij me altijd opvrolijkte met zelfgebakken appeltaart als ik verdrietig was. Aan hoe hij luchtgitaar speelde bij nummers die hij cool vond en met gekke stemmetjes praatte om me aan het lachen te maken. Aan zijn hand in de mijne, de twinkeling in zijn ogen en zijn scheve lach als hij weer iets had bedacht om me voor de gek te houden. Maar vooral aan zijn armen die me stevig vasthielden en zijn hartstochtelijke kussen waardoor er een heleboel vlinders tot leven kwamen in mijn binnenste. Toen ik alleen was in Londen, waren ze verdwenen. Ze hadden plaatsgemaakt voor een gapende leegte, die wonderlijk genoeg loodzwaar aanvoelde. Maar toen ik Julius onder mijn raam zag staan met zijn belachelijke kindergitaar, voelde ik een paar vlinders hoopvol in beweging komen. Kennelijk hadden zij het drama overleefd. Ze zorgden voor verwarring in mijn hoofd en in mijn hart. Aan de ene kant had ik opeens nieuwe hoop dat het weer goed kon komen. Aan de andere kant geloofde ik niet dat onze verkering nog te redden was.

Sinds ik had gezegd dat ik tijd nodig had om na te denken, overspoelde Julius me met lieve sms'jes en cadeautjes, als een echte *prince charming*. Rozen en bonbons, vroeger zou ik dat superromantisch hebben gevonden. Maar mijn liefde was niet te koop en ook duizend bossen bloemen konden niet ongedaan maken hoe ellendig ik me op dat verlaten Franse station had gevoeld. Maar toch... Als Julius in mijn ogen keek, leek zijn botte gedrag van toen op iets uit een ander leven, of een nare droom die langzaam vervloog naarmate ik echt wakker werd. Misschien was Julius toch mijn grote liefde. Was dat mogelijk?

Christine zuchtte. 'Geen domme dingen doen.' Ze kneep zachtjes in mijn arm en vertrok toen om te gaan fitnessen.

Toen ze weg was, staarde ik naar de dichtgetrokken deur. 'Ik doe mijn best.'

Ik haalde meerdere jurkjes uit de kast in een poging de perfecte outfit voor vanavond samen te stellen. Wat trok je aan voor een date met je ex-vriendje die je misschien wel of misschien helemaal niet terug wilde? Ik had geen idee. Zelfs in de moderubriek van *Fame* zou ik geen antwoord op deze vraag vinden. Ik besloot te gaan voor kleding waarin ik me op mijn gemak voelde. Uiteindelijk koos ik voor mijn favoriete spijkerbroek, een zwart topje en de nieuwe rode ballerina's die ik laatst met Christine had gekocht. Ik bekeek mijn spiegelbeeld. Ik wilde er niet uitzien alsof ik veel van deze avond verwachtte of te veel mijn best had gedaan. Hopelijk was deze combi precies goed.

Ik maakte mijn haar steil met Christines steiltang en keek daarna op mijn horloge. Julius kon elk moment hier zijn. Ik zette mijn nieuwste cd van de *Stargirls* op. Een beetje afleiding zou me vast goed doen. Terwijl ik mijn zelfbedachte dansje deed, playbackte ik de tekst en gebruikte een opscheplepel als microfoon. Ik was net lekker in de *mood*, toen ik de overbuurvrouw naar me zag zwaaien. Oeps! Vanaf haar balkon had ze mijn act helemaal kunnen zien. Met gloeiende wangen zwaaide ik terug. Misschien moest ik voortaan eerst de gordijnen dichtdoen...

Op dat moment ging de bel. Julius. Hij was er! Ik drukte op het knopje in de hal om hem binnen te laten en deed de voordeur van het appartement alvast open om hem op te wachten. Toen ik hoorde dat de lift in beweging kwam, voelde ik mijn zenuwen toenemen. Het uur van de waarheid was aangebroken.

'Hé Alice.' Julius stapte uit de lift, met een reusachtige teddybeer in zijn handen.

'Hoi.'

Voor ik wist wat er gebeurde, trok hij me dicht tegen zich aan en kuste me. Even was ik alles om me heen vergeten en telde alleen nog maar het nu, dit moment. Ik voelde hoe de vlinders voorzichtig fladderden en mijn twijfels verder naar de achtergrond verdwenen. Julius aaide over mijn haar en probeerde me op te tillen, waardoor de enorme beer beklemd raakte tussen onze lichamen. Zijn plastic ogen voelden koud tegen mijn arm. We moesten allebei lachen en Julius zette me neer.

'Mag ik binnenkomen?' vroeg hij.

'Ja,' zei ik.

Hij liep voor me uit, zette de beer op de bank en plofte er zelf naast.

'Je ziet er goed uit. Hoe gaat het nu met je?' vroeg hij.

'Een stuk beter. Ik heb geen hoofdpijn meer,' zei ik.

'Mooi zo.'

Even wisten we geen van tweeën wat we moesten zeggen. De stilte benadrukte de belangrijke vraag die tussen ons in hing, die we blijkbaar allebei niet durfden te stellen. Ondertussen raasden de gedachten door mijn hoofd. Wat betekende deze kus? Was het nu weer goed tussen ons? Was hiermee alles vergeven en vergeten?

Julius onderbrak mijn stortvloed aan gedachten. 'Ik

heb je gemist,' zei hij. Hij omhelsde me opnieuw en keek diep in mijn ogen.

'Ik jou ook,' gaf ik toe.

'Wat zie je er mooi uit. Heb je nieuwe schoenen?'

'Klopt.'

'Uit Londen zeker?'

'Nee. Maar ik heb daar wel flink geshopt. Ik heb een fantastische jurk gekocht.'

'Laat eens zien? En ik wil alles over de première weten.'

'Goed,' zei ik. 'Ben zo terug.'

Ik liep naar mijn kamer om de roze jurk te pakken. Toen ik terugkwam, zag ik nog net hoe Julius mijn mobieltje op tafel legde. Was hij mijn sms'jes soms aan het lezen?

'Wat doe je?' vroeg ik, terwijl ik probeerde niet beschuldigend te klinken.

'Niks,' zei Julius haastig. 'Heb je een nieuwe telefoon?'

O. Keek hij er daarom naar? 'Ja. Mijn Hello Kitty-telefoon is gejat. Hij zat in het tasje dat die man van me afpakte. Dit is Esthers oude mobieltje.'

'Heftig joh, die beroving.' Julius keek ernstig. 'Als ik erbij was geweest, dan...' Hij maakte zijn zin niet af.

'Als jij bij me was geweest, had ik niet in Londen rondgelopen,' zei ik.

We keken elkaar recht aan, tot Julius zijn gezicht afwendde. Natuurlijk was het niet zijn schuld dat ik was beroofd, maar dankzij hem had mijn week wel een andere wending genomen. Door hem was ik op het verkeerde moment op de verkeerde plek geweest, in plaats van veilig in zijn armen.

Julius zuchtte. 'Ik wou dat ik de tijd terug kon spoelen.'

'Ik ook.'

'Als ik het opnieuw kon doen, zou ik het heel anders
aanpakken.'

'Ik hoop het,' zei ik.

'Het zal nooit meer gebeuren. Erewoord!' Julius stond
op en hield zijn wijs- en middelvinger voor zijn hart.

Ik glimlachte. 'Mooi.'

'Vertel eens over de première. Heb je foto's?'

Kennelijk werd het gesprek waar het echt om draaide vanavond voorlopig nog even uitgesteld.

'Ja, op mijn computer. Ik had er ook al een paar op
mijn Hyves-pagina gezet.'

Samen liepen we naar mijn kamer en ik zette mijn
laptop aan. Julius ging op mijn bureaustoel zitten en
trok me bij zich op schoot. Eén voor één liet ik hem
alle foto's zien. Mijn luxe hotelkamer, een dubbeldekker in Oxford Street, al mijn aankopen uitgespreid op
het hotelbed, de rode loper met uitzinnige fans, de
Stargirls die voor een hele stoet persfotografen po-
seerden, ik met mijn roze jurk op de afterparty, een
foto van Maarten...

Mijn gedachten dwaalden af. Op het feest had ik nog
geen idee gehad van wat me te wachten stond en ik
kreeg kippenvel bij de herinnering aan wat er daarna
was gebeurd: de gestalten in het donker die mij dat
steegje in trokken. Pas toen Julius me van zich af duwde, had ik door dat de foto's bij hem iets heel anders op-
riepen. Hij had inmiddels verder geklikt en staarde met
een kille blik naar een foto van mij en Maarten samen.

'Wie is dat?' Zijn stem trilde gevaarlijk.

'Dat is Maarten. Ook een journalist. Hij zat in hetzelfde hotel,' zei ik.

Julius stond en ijsbeerde door mijn kamer. 'Heb je met hem gezoend?'

Ik keek Julius verward aan. Meende hij dat nou serieus?

'Nou?' Hij greep me bij mijn schouders en schudde me door elkaar.

'Doe normaal!' Ik rukte me los. 'Natuurlijk niet!'

'Wat doen jullie daar dan?' Julius wees naar de foto, waarop Maarten een arm om mijn schouders had geslagen. De woede in zijn ogen maakte me bang.

'Niks! Er is niks gebeurd. We hadden gewoon lol samen.'

Julius snoof. 'Ik heb genoeg gezien.' Toen hij zich omdraaide en de kamer uit liep, knapte er iets.

'Julius, stóp!' zei ik. 'Ik heb je niet bedrogen! Niet met Maarten, niet met wie dan ook. Ik wilde gewoon een leuke avond hebben. Ik had verdriet. Om jou. Om Esther en Marieke. Ik voelde me rot en in de steek gelaten. Ik wou alles even vergeten. Maarten wilde me alleen maar opvrolijken. En jij denkt er weer meteen het ergste van.' Ik voelde dat ik stond te trillen op mijn benen.

Julius draaide zich langzaam naar me om. Nu leek hij eerder verdrietig dan boos. 'Dus je bent niet verliefd op hem?'

'Nee. En hij ook niet op mij. Maarten heeft al een vriendin. Hij is zelfs verloofd.'

'Gelukkig!' De opluchting was van Julius' gezicht te lezen. Hij liep naar me toe en omhelsde me. 'Ik ben zo gek op je, ik kan echt niet zonder je.'

Verward liet ik hem begaan. Wilde hij het nu opeens weer goedmaken? 'Ben je nu niet meer boos?' vroeg ik.

'Nee,' zei hij. 'Sorry voor daarnet.'

Ik knikte langzaam.

'Maar het zou wel helpen als je geen contact meer met hem had. Die foto's... Zulke dingen maken me onzeker.'

'Dus je bedoelt... Je wilt niet dat ik bevriend ben met andere jongens?' vroeg ik verbaasd.

'Nee, liever niet. Fijn dat je het begrijpt.'

Ik maakte me los uit zijn omhelzing. 'Juul, dat kan toch niet? Ik zal altijd andere jongens tegenkomen. Op school, via mijn werk...'

'Dat weet ik wel. Maar... Ik heb gewoon liever niet dat je met andere jongens omgaat.'

Ik zuchtte diep en voelde hoe de laatste vlinders wegfladderden. Ik had mijn antwoord gevonden.

'Niet alle jongens hebben bijbedoelingen. En ik ben niet verliefd op iedere jongen die ik tegenkom. Als je me zo wantrouwt en me dingen gaat verbieden...'

Er welden tranen op in Julius' ogen. 'Niet verdergaan,' fluisterde hij.

Ik zuchtte. 'Jij vertrouwt me niet. En omgekeerd kan ik jou ook niet vertrouwen. Ik wil niet non-stop bang zijn dat je boos op me wordt, terwijl ik niks heb gedaan. Ik zou willen dat alles anders was, maar dit werkt gewoon niet.' Mijn ogen vulden zich met tranen, maar mijn besluit stond vast. 'Ik denk dat je nu beter kunt gaan.'

Julius knikte en even later trok hij de deur achter zich dicht. De plotselinge stilte voelde vreemd en onwerkelijk.

'Alice?' Christine kwam de woonkamer binnen in haar sportoutfit. 'Ik zag Julius net vertrekken. Heb je het uitgemaakt?'

Ik knikte. 'Het was een *Mission Impossible*.'

Christine gooide de enorme teddybeer van de bank, ging naast me zitten en veegde voorzichtig de tranen van mijn wangen. 'Het komt allemaal goed,' fluisterde ze. 'Over een tijdje is Julius helemaal uit je systeem en voel je je een stuk beter. En je bent niet alleen.'

'Weet ik,' zei ik. 'En ik heb nog genoeg dingen over om gelukkig mee te zijn. Ik heb Esther en Marieke. En ik heb jou, de beste vriendin van de hele wereld.'

Christine glimlachte naar me.

'Kom, dan gaan we je koffer inpakken voor morgen.'

De volgende ochtend trok ik al vroeg de deur achter me dicht. Christine zwaaide naar me door het raam. Ik zwaaide terug. Vandaag was de eerste dag van mijn leven in het post-Juliustijdperk. Ook al was onze officiële break-up pas een paar uur geleden, het zware gevoel en de twijfels waren verdwenen en hadden plaatsgemaakt voor opluchting. Ik had een enorme last van mijn schouders gegooid, die ik niet meer terugwilde. Ik sleepte mijn koffer naar het station en kocht een treinkaartje naar Schiphol. Op weg naar het vliegveld haalde ik mijn roze opschrijfboekje tevoorschijn en maakte een lijstje.

Pluspunten van single zijn
1. *Lekker doen waar ik zelf zin in heb*
2. *Shoppen zonder commentaar te krijgen op roze aankopen*

3. *Nooit meer naar saaie voetbalwedstrijden hoeven te kijken*
4. *Geen vervelende schoonfamilie*
5. *Zo veel flirten als ik maar wil*

Ik glimlachte. Met Laila in de buurt zou dat laatste vast geen probleem zijn!

Aangekomen op Schiphol ging ik op zoek naar mijn zussen. Al snel kreeg ik Marieke en Laila in het oog, die in de rij stonden bij *Starbucks*. Ze zwaaiden allebei vrolijk naar me.

'Gaat het een beetje?' vroeg Marieke, terwijl ze me omhelsde.

'Ja. Ik geloof het wel,' zei ik.

'Mooi. Laten we afspreken dat we ons liefdesverdriet hier achterlaten, en nu de tijd van ons leven gaan hebben.'

'Goed plan,' zei ik.

'Hallo!'

We draaiden ons om en zagen Esther en Lucas dichterbij komen. Lucas rolde Esthers rode koffer achter zich aan. Ze was deze keer duidelijk beter voorbereid op een reisje naar het buitenland. Snel checkte ik hoe Marieke zich hield. Ze stond nu voor het eerst sinds de grote ruzie weer oog in oog met Lucas.

'Hoi,' zei Lucas. Hij keek verlegen van mij naar Marieke.

'Ook hoi,' zei Marieke. Ze toverde een glimlach op haar gezicht, al stonden haar ogen opeens verdrietig. Ik kneep zachtjes in haar hand, zodat ze wist dat ik het begreep. Ze kneep voorzichtig terug.

'Niks vergeten?' vroeg ik, om de stilte te doorbreken. Met Marieke wist je het tenslotte maar nooit. 'Paspoort? Tandenborstel? Zonnecrème?'

Marieke dacht na. 'Check, check, dubbelcheck! Hoewel... Ik heb eigenlijk wel het gevoel dat ik iets ben vergeten.'

'Je iPod? Of je fototoestel?' vroeg Laila.

'Antimuggenspul?' vroeg Esther.

'Reisscrabble?' suggereerde Lucas.

Marieke lachte. 'Reisscrabble? Nee joh! Alsof ik zo'n suf spel mee zou nemen op vakantie!'

Lucas knikte en wisselde even van blik met Esther. Dit was nou precies zoiets waarin zij overduidelijk beter bij elkaar pasten dan Lucas en Marieke. Kennelijk besefte Marieke dat zelf ook.

'Sorry,' stamelde ze. 'Ik bedoelde niet...'

'Weet ik,' zei Lucas lachend. 'Als je je bikini maar niet vergeten bent.'

Mariekes lach betrok. 'Mijn bikini...' stamelde ze. 'Neeeeee!'

Esther, Laila, Lucas en ik kregen alle vier de slappe lach.

'Geen zorgen. Leen er maar een van mij. Ik heb er negen,' zei ik.

'Négen?' vroeg Lucas ongelovig. 'Wie heeft er nou negen bikini's?'

'Nou, ik dus,' zei ik. 'En na deze vakantie misschien wel tien. Maarre, we moeten nu echt gaan. Straks vertrekt dat vliegtuig zonder ons.'

Terwijl Esther afscheid nam van Lucas, wendde Marieke zich af. 'Reisscrabble,' stamelde ze.

Ik glimlachte. 'Jouw perfecte jongen loopt ook nog wel ergens rond.'

'Vast wel. Maar voorlopig hoef ik even geen vriend-je. Zussen, daar heb je veel meer aan!'

Ik knikte. Daar was ik het helemaal mee eens. Juli-us was er maar voor even, mijn zussen had ik voor al-tijd.

Laila rende vrolijk voor ons uit, met de tickets in haar hand. Esther voegde zich bij Marieke en mij en gearmd liepen we naar de incheckbalie, op weg naar ons volgende avontuur. We waren er klaar voor, alle drie.

Lees ook:

De drielingzussen Alice, Marieke en Esther zijn altijd samen. Ze begrijpen elkaar volledig en beginnen vaak spontaan hetzelfde liedje te zingen. Natuurlijk zijn er ook momenten waarop het minder fijn is om een drieling te zijn – bijvoorbeeld als klasgenoten na zes jaar nog steeds hardop discussiëren over wie wie is – maar geen van de zussen neemt dat zwaar op.

Dan gebeurt er iets verschrikkelijks. Marieke ziet hoe haar vriendje Robin een doosje overhandigt aan Alice. Hij geeft haar een ring. En niet zomaar een: de ring die Marieke al heel lang wil hebben... Zelfs Mariekes eigen vriendje herkent haar niet! Marieke is er kapot van. Ze neemt een drastisch besluit: zij en haar zussen gaan het een jaar zonder elkaar proberen.

Dat is makkelijker gezegd dan gedaan...

ISBN 978 90 261 2601 7